Et si ce n'était qu'un rêve ?

Barbara Cartland est une romancière anglaise dont la réputation n'est plus à faire.

Ses romans variés et passionnants mêlent avec bonheur aventures et amour.

Vous retrouverez tous les titres disponibles dans le catalogue que vous remettra gratuitement votre libraire.

Barbara Cartland

Et si ce n'était qu'un rêve ?

Traduit de l'anglais
par Marie-Noëlle Tranchart

Éditions J'ai lu

Titre original :

SECRET LOVE

NOTE DE L'AUTEUR

Il me faut remercier très chaleureusement mon ami John Pearson, l'auteur d'un livre absolument délicieux : *Edward the Rake* (Édouard le noceur), que j'ai utilisé pour la trame de fond de ce roman.

Le prince de Galles, qui devint plus tard le roi Édouard VII, était un homme fascinant et John Pearson a su le décrire d'une manière très vivante.

J'ai pu apprendre dans *Edward the Rake* une foule de détails que je n'avais jamais lus ailleurs.

Je savais, bien sûr, que le futur roi Édouard VII avait été élevé d'une manière très sévère. Sa mère, la reine Victoria, refusait qu'il l'aide à gouverner l'Empire – ce qui était extrêmement frustrant pour celui qui serait un jour amené à diriger le pays.

Comme les hautes responsabilités lui étaient interdites, il ne lui restait plus qu'à s'amuser... ce dont il ne se priva pas.

Tout ce que j'ai écrit ici au sujet du prince de Galles est véridique. Seuls les personnages du roman sont le produit de mon imagination. Je me suis également permis de donner au duc et à la duchesse de Mouchy une fille... qu'ils n'avaient peut-être pas dans la réalité.

Sinon les historiens pourront parcourir ce roman avec le même intérêt que ceux qui cherchent simplement à se délasser en lisant une histoire d'amour.

1

1868

Wenda était allée monter à cheval de bonne heure. Après avoir dessellé Samson, elle sortit des écuries et se dirigea vers le château. En traversant d'un bon pas les pelouses où perlaient encore des gouttes de rosée qui s'irisaient au soleil, la jeune fille récapitulait tout ce qu'il lui restait à faire.

« De toute manière, j'aurai beau me donner du mal, jamais je n'arriverai à ce que cette demeure redevienne telle qu'elle l'était à l'époque où mes parents vivaient encore », se dit-elle avec découragement.

Elle s'efforçait cependant d'en rendre une partie agréable à habiter pour son frère et elle. Malheureusement Robby préférait vivre en ville plutôt qu'à la campagne.

A vrai dire, elle le comprenait ! N'était-il pas de toutes les fêtes que l'on donnait à Londres ?

« C'est quand même plus amusant que l'existence un peu morne que nous menons à Creswell ! »

Robby revenait de temps en temps au château pour une brève visite.

« La dernière fois, c'était déjà il y a cinq semaines !

J'espère qu'il ne tardera pas. J'ai tellement de choses à mettre au point avec lui ! »

Tout d'abord, ils devaient prendre des décisions pour empêcher le domaine de tomber en ruine.

« C'est malheureusement ce qui risque de se produire puisque nous n'avons pas le premier sou pour financer les réparations indispensables », pensa Wenda avec amertume.

Lord de Creswell, son père, occupait de hautes fonctions à la Cour. Après la mort du prince consort, il était resté aux côtés de la reine Victoria, qui appréciait la justesse de ses points de vue.

Son poste auprès de Sa Majesté avait peut-être permis au défunt lord de Creswell de parvenir au faîte des honneurs... malheureusement cela ne lui avait pas rapporté un seul *penny* pour entretenir le berceau séculaire de la famille Creswell !

« Et qui s'intéresse maintenant au château ? » se demanda tristement Wenda.

A une certaine époque, ce bâtiment historique situé à moins de deux heures de route du centre de Londres avait attiré de nombreux visiteurs. Le père de Robby et de Wenda ne recevait-il pas énormément ?

Séduits par les proportions parfaites de cette longue bâtisse coiffée d'ardoises, ses amis venaient souvent y passer plusieurs jours. A l'intérieur, le château était un véritable musée ! Au cours des siècles, chacun des Creswell avait mis un point d'honneur à augmenter encore le patrimoine familial. Certains s'intéressaient à la peinture, d'autres aux porcelaines, aux étains ou au mobilier...

Tous ces trésors figuraient bien entendu à l'inventaire des collections que le châtelain était tenu de transmettre à ses descendants. Il n'avait pas le droit de se séparer du moindre objet. La législation en vigueur lui interdisait également de vendre une seule parcelle de terrain.

– Cette loi est excellente ! disait souvent le père de Wenda. J'ai vu tant de mes amis dilapider au jeu la fortune familiale... Ah, quand je pense que le comte de Coventry a perdu son hôtel particulier londonien en une seule partie de cartes !

Il hochait la tête.

– Certains soirs, j'ai eu envie, moi aussi, de tenter ma chance sur les tapis verts. Je me suis contenté de risquer quelques pièces d'or... Imagine, ma chère enfant, que j'aie été un joueur invétéré ? Sans cette loi, j'aurais pu mettre en jeu les tableaux de la grande galerie.

– Ç'aurait été bien triste d'être obligés de les décrocher des murs, père !

– Et ton frère aurait été en droit de me reprocher mon imprudence.

Wenda souriait. Si elle n'avait que douze ans à l'époque, elle était déjà très raisonnable.

– Vous n'auriez jamais été assez irresponsable pour jouer les tableaux ou ces pièces uniques d'argenterie datant de l'époque de George III.

– Je peux dire sans me vanter que je possède la plus belle argenterie d'Angleterre ! Mais je suis certain que Henry de Creswell, mon ancêtre, l'aurait joyeusement bradée s'il en avait eu la possibilité. Au *White's Club,* il avait la réputation d'être le plus grand parieur de tous les temps.

– Cela nous arrangerait bien d'avoir maintenant tout l'argent qu'il a gaspillé pour acheter des chevaux ! avait déclaré la jeune fille avec ressentiment.

– S'il y a un poste de dépense sur lequel je ne lésinerai jamais, c'est bien celui-ci ! Mes écuries sont le seul plaisir qui me reste. Je tiens à monter les chevaux les meilleurs et les plus rapides... et cela jusqu'à ce que l'on me mette dans ma tombe.

Sans regarder à la dépense, le défunt lord de Creswell avait acheté les plus beaux pur-sang et les plus beaux anglo-arabes qui étaient sur le marché. Et à sa mort, Robby et Wenda avaient découvert avec stupeur que, pour satisfaire « le seul plaisir qui lui restait », leur père n'avait pas hésité à s'endetter.

– Grâce au ciel, il ne jouait pas, avait murmuré Robby, atterré. Sinon nos dettes s'élèveraient à dix, vingt fois ce montant. Qu'allons-nous faire, Wenda ?

– Tenter de rembourser...

Lord de Creswell était mort depuis maintenant cinq ans mais, en dépit de tous leurs efforts, ses enfants n'avaient pas encore réussi à désintéresser les créanciers.

Découragé, Robby avait un beau jour décidé d'aller s'installer à Londres.

– Wenda, je n'ai que vingt-trois ans. J'ai envie de vivre, de respirer, de m'amuser un peu !

– Je te comprends...

La jeune fille n'ajouta pas qu'elle aussi avait envie de changement. Le moment était venu pour elle de faire son entrée dans le monde, d'aller au bal, de voir les somptueuses fêtes londoniennes... Mais elle savait bien qu'elle devait renoncer à tout cela pour tenter de maintenir tant bien que mal le domaine en état.

Perdue dans des pensées qui n'avaient rien de très rose, Wenda en était là de ses réflexions quand elle arriva devant le perron.

Un homme d'une vingtaine d'années l'attendait en bas des marches.

– Tiens, Donson !

C'était le plus jeune des employés du domaine. Il travaillait dans les champs mais il lui arrivait aussi d'être appelé aux écuries lorsque cela s'avérait nécessaire.

Wenda se rendit tout de suite compte que le jeune villageois paraissait bouleversé.

– Que se passe-t-il, Donson ?

– Je suis arrivé en retard ce matin, et M. Hardy m'a dit que ce n'était plus la peine que je revienne demain, parce qu'il n'avait plus besoin de moi.

– Mon Dieu !

Le régisseur, Hardy, n'avait pas la réputation d'être très commode ! Il faisait travailler dur ceux qui étaient sous ses ordres – mais en contrepartie, il obtenait d'excellents résultats. Jamais les terres n'auraient eu un tel rendement avec un autre régisseur.

– Cela fait déjà un certain temps que M. Hardy est après moi, mademoiselle Wenda. Il trouve à redire sur tout, il n'est jamais content !

– Si je comprends bien, il vous a... renvoyé ?

– Oui, mademoiselle Wenda.

La jeune fille soupira. Elle savait que Donson était un employé sérieux et plein de bonne volonté. Mais il avait une vie familiale difficile : son père était mort, ses sœurs aînées mariées et il devait seul, avec son frère cadet – encore un écolier – s'occuper de sa mère invalide.

– J'ai été un peu en retard deux ou trois fois, admit le jeune employé. Ce n'était pas vraiment ma faute... Voyez-vous, mademoiselle Wenda, ma mère n'arrive pas à s'habiller seule. Et parfois, le matin, elle souffre tellement que j'attends que ses douleurs s'atténuent pour l'aider à sortir du lit.

– Avez-vous expliqué tout cela à M. Hardy ?

– Bien sûr, mademoiselle Wenda ! Mais il ne veut pas m'écouter... Et il n'a été que trop content de trouver une excuse pour se débarrasser de moi. Qu'allons-nous devenir maintenant, ma mère, mon frère et moi ? Nous allons être à la rue – parce que le cottage va avec l'emploi ! Plus de travail, plus de logement.

La jeune fille ne connaissait que trop le sévère règlement. Et elle savait aussi que cela ne servirait à rien de plaider la cause de Donson auprès de Hardy. Le régisseur avait toujours détesté ce jeune employé qui n'hésitait pas à dire ce qu'il pensait, au contraire des autres qui n'osaient jamais se manifester. M. Hardy avait dû être fort content de trouver un prétexte pour renvoyer celui qu'il considérait comme sa bête noire.

« Il faut que je fasse quelque chose, pensa Wenda. Ne serait-ce que pour sa mère et son frère... »

Mais comme toujours, elle butait devant la même difficulté : l'argent ! En dépit de ses demandes incessantes, Robby lui en donnait de moins en moins...

« Il ne me reste plus qu'à vendre les bijoux de ma mère », se dit-elle avec découragement.

Ceux-ci lui étaient revenus en propre à la mort de lady de Creswell et elle s'était promis de ne pas y toucher. A plusieurs reprises, son frère avait tenté de la faire revenir sur sa décision, mais elle s'était montrée intraitable.

« De toute manière, je n'aurai jamais l'occasion de les porter ! se dit-elle encore, de plus en plus accablée. Et si je veux aider Donson, il n'y a pas d'autre solution ! »

A voix haute, la jeune fille déclara :

– Je crois que vous ne vous êtes jamais très bien entendu avec M. Hardy.

– C'est vrai, mademoiselle Wenda.

– Il vous a renvoyé et je ne peux pas aller contre sa décision.

Voyant Donson pâlir, elle s'empressa d'ajouter :

– Mais je vais vous employer moi-même. Vous travaillerez dans le parc et le jardin potager.

Le visage de Donson s'éclaira.

– Oh ! Je vais devenir le jardinier du château ? Mademoiselle Wenda, je vous promets que je ferai tout ce que je pourrai pour que vous soyez contente de moi. Et je serai tellement heureux de ne plus être sous les ordres de M. Hardy ! Il me déteste et j'ai beau me donner du mal, il n'est jamais satisfait !

– Je vous préviens, Donson ! Moi aussi, je suis difficile. Vous devrez beaucoup travailler, car les jardins sont dans un état lamentable.

– Cela va changer, mademoiselle Wenda, je vous le promets !

– Vous pourrez garder votre cottage, même si vous ne travaillez plus pour le domaine. J'arrangerai cela avec milord et avec M. Hardy.

Donson laissa échapper un soupir de soulagement.

– Ah, j'ai bien fait de venir vous trouver ! Si ma mère avait dû aller à l'hospice, cela lui aurait brisé le cœur ! Mademoiselle Wenda, je ne sais comment vous remercier...

La jeune fille sourit.

– En travaillant, Donson !

– Vous pouvez compter sur moi pour cela, mademoiselle Wenda ! Quand voulez-vous que je commence ? Immédiatement ?

– Pourquoi pas ? Vous trouverez des outils dans la remise. N'oubliez pas de les ranger chaque soir !

– J'en prendrai soin, mademoiselle Wenda. Eh bien, il ne me reste plus qu'à me mettre à l'ouvrage.

Et il partit d'un bon pas en sifflotant joyeusement – ce qui agaçait toujours beaucoup M. Hardy. En effet, cet homme revêche ne comprenait pas que l'on puisse être de bonne humeur.

« A chacun son caractère ! pensa la jeune fille tout en gravissant le perron. M. Hardy ne sait peut-être pas sourire, mais jamais nous ne pourrions trouver de meilleur régisseur. Il réalise des miracles avec peu d'employés – surtout si l'on tient compte du nombre d'acres qu'il faut cultiver. »

Elle monta directement dans sa chambre et ouvrit le tiroir dans lequel elle gardait les bijoux de sa mère.

Wenda revit cette dernière parée pour sortir et son cœur se serra.

– Elle était si belle ! murmura-t-elle avec émotion.

Lord de Creswell était tombé follement amoureux de la fille du duc de Netherton dès le premier regard. Celle-ci aurait pu faire un bien plus beau mariage – car il était de notoriété publique que lord de Creswell ne possédait aucune fortune. Mais lady Sarah de Netherton avait préféré épouser celui qu'elle aimait. Et tous deux avaient été merveilleusement heureux, même si l'argent se faisait de plus en plus rare au fur et à mesure que les années passaient.

Lady Sarah aimait tant son mari qu'elle ne lui avait pas survécu plus de quelques semaines. Un matin, Wenda l'avait trouvée morte dans son lit, un sourire aux lèvres...

« Elle est allée rejoindre mon père au paradis », s'était dit la jeune fille entre deux sanglots.

La reine Victoria avait envoyé des condoléances au moment de la mort de lord de Creswell, puis lorsqu'elle avait appris la mort de sa femme.

– C'est bien gentil ! avait commenté Robby avec un certain cynisme. Mais cela ne paiera pas nos dettes !

Au début, le jeune homme avait pris ses responsabilités très au sérieux. Levé dès l'aube, il partait à cheval pour inspecter les terres et les fermes. Le soir, il faisait les comptes et ne parvenait jamais à se coucher avant minuit.

Et puis cette existence d'ascète l'avait lassé.

– Je ne peux pas passer ma vie à travailler pour payer les dettes de mon père !

Cela faisait maintenant un an qu'il habitait à Londres. Wenda avait tenté de le remplacer, mais elle s'était bien vite rendu compte que la tâche la dépassait. Laissant au régisseur le soin de s'occuper du domaine, elle s'était limitée à entretenir de son mieux le château et les jardins.

« Cela me désole de devoir vendre cela... Ah ! Si seulement nous avions un peu plus d'argent ! » se dit la jeune fille en faisant glisser entre ses doigts un merveilleux collier de perles et de rubis.

La plupart des bijoux qui se trouvaient dans ce tiroir avaient été des cadeaux de lord de Creswell à la femme qu'il aimait. Ils appartenaient maintenant à Wenda en propre. Les autres joyaux – ceux faisant partie du patrimoine familial – étaient à l'abri dans le coffre-fort.

Wenda choisit de se séparer en premier lieu d'une broche qui avait été offerte par le duc de Netherton à sa fille Sarah à l'occasion de son mariage.

« Étant donné que cette union lui déplaisait, pour la bonne raison qu'il aurait préféré la voir épouser un homme fortuné, je ne pense pas que ma mère ait porté un grand attachement sentimental à cette broche », se dit la jeune fille.

De forme ovale, elle était sertie, sur un fond d'émail, de gros diamants disposés en étoile.

« Je devrais pouvoir en obtenir un bon prix ! Cela me permettrait non seulement de payer les gages de Donson, mais aussi d'engager un extra pour aider Banks à entretenir la maison. »

Le vieux majordome faisait de son mieux, mais un

peu d'aide serait la bienvenue. Quant à Mme Banks, sa femme, elle réalisait des merveilles à la cuisine avec les produits du potager et des fermes.

Wenda avait fermé la plupart des pièces du château, se contentant de garder le bureau, la bibliothèque et une petite salle à manger pour son usage et celui de son frère – tout au moins quand ce dernier trouvait le courage de s'arracher aux plaisirs de Londres pour venir passer quelques jours à la campagne.

« J'irai demain demander au bijoutier de St. Albans ce qu'il peut me donner pour cette broche », se dit la jeune fille.

Elle haussa les épaules.

« Suis-je sotte ! J'en tirerai beaucoup plus à Londres ! Il faudrait que je demande à Robby de négocier cette vente. Et en attendant, je peux m'arranger avec le directeur de la banque pour qu'il me donne un peu plus d'argent chaque semaine. Je ne crois pas qu'il fera de difficultés si je promets de le rembourser dès que mon frère m'aura apporté l'argent de la broche. »

Pensivement, elle fit jouer le fermoir d'un écrin en maroquin blanc et contempla un bracelet d'émeraudes.

« Combien de temps me reste-t-il avant de me résigner à le vendre, lui aussi ? » se demanda-t-elle avec amertume.

Après avoir refermé le tiroir en soupirant, elle descendit au bureau et, pour la centième fois peut-être, consulta la liste de l'inventaire en cherchant l'objet qui, par miracle, avait échappé à l'œil presque infaillible des spécialistes.

Elle eut beau étudier l'inventaire, elle ne trouva rien... A vrai dire, le contraire aurait été surprenant. Son père, puis son frère, n'avaient-ils pas déjà écumé toutes les possibilités de ce côté ?

S'emparant d'une feuille de vélin gravée aux armes

des Creswell, elle trempa sa plume dans l'encrier d'argent et se mit en devoir d'écrire à son frère.

Mon cher Robby,

Peux-tu t'arranger pour venir à Creswell le plus tôt possible ? J'ai un grand service à te demander.

Ici, rien de très spécial. La vie continue, cahin-caha, et...

La plume de la jeune fille cessa de courir sur le papier tandis qu'elle dressait l'oreille.

« Non, je ne me suis pas trompée ! C'est bien une voiture qui monte l'allée. Je me demande qui peut venir si tôt. Quand nos voisins nous rendent visite, c'est en général au moment du thé... »

A cette heure matinale, le majordome devait encore être dans la cuisine.

« Et il n'est pas habillé pour recevoir un visiteur. Il vaut mieux que j'aille ouvrir moi-même... »

La porte d'entrée claqua.

– Wenda ! appela une voix masculine.

La jeune fille bondit.

« Quelle coïncidence ! Mais c'est Robby ! »

Elle courut rejoindre son frère dans le hall.

– Robby ! J'étais justement en train de t'écrire pour te demander de venir ! Que fais-tu à Creswell ?

Son frère jeta négligemment son chapeau sur un fauteuil.

– Une chose à la fois. Je vais tout te raconter... dit-il en embrassant la jeune fille. Mais d'abord j'aimerais bien qu'on me serve un solide petit déjeuner. Est-ce possible ?

– Naturellement. Je vais tout de suite aller prévenir Banks et sa femme de ton arrivée. Ils vont être si contents de te voir !

Robby ne répondit pas. Il était en train d'examiner les tableaux qui décoraient le hall d'un air que Wenda trouva assez étrange.

La jeune fille se rendit dans la cuisine où, comme elle s'y attendait, elle trouva Mme Banks en train de faire cuire des œufs au bacon tandis que le majordome, en manches de chemise, surveillait les toasts.

– Madame Banks, il faudrait deux petits déjeuners au lieu d'un ! Devinez qui est là ? Milord !

– Milord ! s'exclama Banks. Mais il a dû quitter Londres au lever du jour pour arriver à Creswell d'aussi bonne heure !

– Apparemment, il n'a pas pris de petit déjeuner et meurt de faim.

– J'ajoute tout de suite deux œufs dans la poêle et des tranches de bacon supplémentaires, mademoiselle Wenda, dit Mme Banks.

– Quant à moi, je vais faire griller quelques tranches de pain de plus, renchérit son mari.

– Merci ! dit la jeune fille avant de rejoindre son frère dans la jolie salle à manger ovale réservée aux petits déjeuners – mais où elle prenait désormais tous ses repas.

Elle trouva Robby près d'un dressoir ancien en chêne sculpté. Il soupesait un plat en argent datant du XVIIe siècle dans lequel Banks mettait souvent des fruits.

– Je suis si contente de te voir ! s'exclama Wenda. Tu arrives juste au moment où j'étais en train de t'écrire pour te demander de venir le plus vite possible ! J'ai besoin de ton aide...

– Quant à moi, j'ai besoin de la tienne. Mais les dames d'abord ! Je t'écoute.

La jeune fille soupira.

– Il s'agit, comme tu dois bien t'en douter, d'un problème d'argent.

Robby leva les bras au ciel dans un geste théâtral.

– Comme si cela pouvait être autre chose !

– Je vais t'expliquer ce que je viens de faire. Ce matin, quand je revenais des écuries après être montée à cheval, j'ai trouvé Donson en bas du perron...

En quelques mots, Wenda raconta à son frère ce qui s'était passé.

– J'ai pris cette décision sans te consulter, termina-t-elle. J'espère que tu n'es pas trop fâché...

– Quelle idée ! Tu as bien fait de l'engager et de lui promettre qu'il garderait son cottage.

La jeune fille laissa échapper une joyeuse exclamation.

– J'espérais de tout mon cœur que tu allais avoir une telle réaction ! Mais en même temps, j'avais peur que tu ne me dises que j'avais agi de manière inconsidérée...

– Comment pouvais-tu penser une chose pareille ? Père se serait retourné dans sa tombe si nous avions envoyé Mme Donson à l'hospice ! Tu as tout arrangé pour le mieux.

Après un silence, il reprit :

– Venons-en à mon propre problème. J'ai besoin d'argent, Wenda. Et tout de suite !

La jeune fille pâlit.

– Et c'est à moi que tu en demandes ? Comment pourrais-je t'aider ? A moins, bien entendu, qu'il ne s'agisse d'une très petite somme... Pour pouvoir payer Donson, je vais être obligée de me séparer d'une broche. J'ai l'intention de te la confier pour que tu la vendes à Londres au meilleur prix.

– Quelle broche ?

– L'une de celles de maman. Je ne voulais pas vendre ses bijoux, tu le sais. Ceux-ci ne constituent-ils pas tout ce que je possède au monde ?

Comme son frère l'écoutait sans mot dire, elle poursuivit :

– Cet argent sera destiné à payer les gages de Donson. Tout ce que je souhaite, c'est que la somme obtenue dure le plus longtemps possible.

– J'ai une autre idée.

Prise d'un soudain remords, Wenda murmura :

– Je ne t'ai même pas demandé pourquoi tu es venu sans même prévenir. Tu n'as pas de soucis ?

– Non, non. Au contraire ! Mais ce que je vais t'apprendre va te donner un tel choc que... que tu ferais mieux de rester assise !

Avec appréhension, la jeune fille attendit la suite.

– Tu sais que j'ai été invité à Marlborough House par le prince de Galles ? reprit Robby.

– Oui, tu me l'avais écrit et j'en ai été très contente pour toi.

– Eh bien, à la suite de cette première invitation, j'en ai reçu beaucoup d'autres.

– Tu as beaucoup de chance, Robby ! J'ai lu de nombreuses descriptions au sujet de Marlborough House, mais je n'ai encore jamais rencontré quelqu'un y étant allé. Raconte !

– C'est une vaste demeure confortable et décorée très luxueusement. L'ameublement du salon chinois est étonnant...

Wenda écoutait de toutes ses oreilles. Elle s'était fait beaucoup de soucis quand son frère lui avait annoncé sa décision de vivre à Londres. Dans la grande ville, un jeune homme pouvait se faire des relations peu reluisantes, s'adonner au jeu, tomber entre les griffes des courtisanes...

Elle se sentit très soulagée quand elle apprit que

Robby gravitait dans le petit cercle d'aristocrates qui entourait l'héritier de la couronne.

– Raconte ! répéta-t-elle, les yeux brillants.

– Tu sais que Sa Majesté la reine Victoria refuse de donner à son fils des responsabilités dans les affaires de l'État ?

– Cela choquait beaucoup notre père. Il avait essayé de faire comprendre à la reine qu'elle avait tort d'écarter son successeur des arcanes du pouvoir, mais elle n'a jamais voulu rien entendre.

Le prince consort Albert et la reine Victoria, estimant que l'éducation des futurs rois avait souvent été négligée en Angleterre – ce qui, selon eux, avait beaucoup nui à la monarchie –, avaient décidé que leur fils serait élevé dans les principes les plus rigides. Leur but était d'en faire un modèle parfait de la bonne morale victorienne.

Pas de jeux pour le jeune Édouard... Du matin au soir, il était obligé d'étudier sous la férule de sévères précepteurs ou de pompeux professeurs, à moins qu'il ne doive écouter pendant des heures des sermons interminables dispensés par des évêques compassés.

Après une enfance étouffante, le prince de Galles avait été envoyé à Cambridge. Mais au lieu de pouvoir se mêler aux autre étudiants – ceux-ci ne risquaient-ils pas d'avoir une mauvaise influence sur lui ? – il en fut séparé.

Plus tard, pendant la brève période qu'il passa dans le premier régiment des grenadiers, il lui fut interdit de remplir ses devoirs de jeune officier, tout comme de se mêler à ses camarades.

Ces derniers, navrés de voir le prince si étroitement gardé, s'arrangèrent un beau jour pour lui amener en cachette une jolie actrice peu farouche, Nelly Clinton.

Nelly s'empressa de déniaiser le futur roi... qui ne

demandait que cela. Les officiers, qui voulaient seulement rendre service au prince de Galles, étaient loin de se douter des conséquences qu'allait avoir leur « bonne action ».

Comme beaucoup de celles qui devaient se succéder aux côtés du futur Édouard VII, Nelly Clinton fut très consciente de l'honneur qui lui était fait et ne manqua pas de s'en vanter un peu partout.

Évidemment, la nouvelle se répandit très vite... Et lord Torrington, un courtisan très féru de ragots, jugea de son devoir d'informer le prince Albert.

– Votre fils s'offre des actrices, Altesse !

A partir de ce moment-là, la vie du prince de Galles devint un enfer. Il dut présenter des excuses à plusieurs reprises à son père... Il dut écrire à sa mère des lettres dans lesquelles il exprimait son repentir...

Peut-être ses parents lui auraient-ils pardonné à la fin ? Hélas ! Le malheur voulut que, peu de temps après avoir vu son fils, le prince Albert commençât à se plaindre d'insomnies et de terribles maux de tête. Les médecins diagnostiquèrent la typhoïde. Le 2 décembre 1861, le malade tomba dans le coma. Douze jours plus tard, il rendait l'âme.

La typhoïde était indéniablement responsable de sa mort, mais la reine était convaincue que, si son fils ne s'était pas conduit de manière aussi abominable, son Albert bien-aimé serait toujours vivant.

Pour une souveraine dont la moralité était aussi rigide, la peccadille de jeunesse dont s'était rendu coupable le prince démontrait qu'il était tombé plus bas que terre.

Le prince de Galles avait toujours beaucoup aimé son père – malgré la sévérité de ce dernier. Quand il comprit que sa mère le rendait responsable de la mort du prince Albert et le chargeait de tous les péchés du monde, à cause de sa brève aventure avec une actrice, il se jura de devenir un jour libre et de faire tout ce qu'il voulait.

Son rêve s'était réalisé.

Si, à vingt et un ans, le prince de Galles avait épousé avec la bénédiction de la reine la ravissante princesse danoise Alexandra, son mariage ne l'empêchait en rien de s'intéresser de très près aux jolies femmes...

– Donc, reprit Robby, j'ai bien de la chance que le prince de Galles me considère maintenant comme l'un de ses meilleurs amis. Non seulement je suis allé souvent à Marlborough House, mais j'ai aussi été invité à la campagne avec lui.

Wenda ouvrit de grands yeux.

– Tu es allé à Sandringham ?

– Pas encore, mais je suis presque sûr que lorsqu'il s'y rendra il me proposera de l'y accompagner.

– Comme tu as de la chance ! Il faudra tout, tout me raconter en grand détail !

– Je suis même allé à Paris avec le prince de Galles !

Wenda joignit les mains.

– C'est merveilleux. Raconte !

– La Ville lumière est encore plus belle que tout ce que l'on peut imaginer.

Robby évita cependant de raconter à sa sœur que le futur roi voyageait incognito. Il se présentait comme étant le comte de Chester et avait une somptueuse suite réservée à l'année à l'hôtel Bristol.

Le jeune lord de Creswell se garda également de parler des fameuses *cocottes* parisiennes chez lesquelles on menait si joyeuse vie.

Au célèbre Café Anglais, l'une d'elles – Cora Pearl, une Anglaise de Plymouth qui avait été la maîtresse de l'empereur Napoléon III et de la plupart des membres du Jockey Club –, avait été servie au soi-disant comte de Chester comme plat de résistance. On l'avait amenée, entièrement nue, sur un long plat recouvert d'un couvercle d'argent.

– Et maintenant, Wenda, ce que je dois t'apprendre – et je me demande quelle sera ta réaction ! –, c'est que le prince de Galles a manifesté le désir de voir le château de Creswell.

La jeune fille sursauta.

– Il... il veut venir ici ? Tu te moques de moi ? Robby... dis-moi que tu plaisantes.

– Pas du tout.

– Ce n'est pas possible ! Le... le prince de Galles venant ici ? Alors qu'il peut choisir de se rendre dans des dizaines, des centaines d'autres châteaux ?

– Je le sais.

– Alors...

– Il aime les endroits nouveaux et aimerait connaître Creswell.

– Je n'en crois pas un mot.

– Je t'assure, Wenda, que je dis la vérité. Le prince de Galles va venir ici.

– Tu as dû rêver !

– Pas du tout. Et, comme tu t'en doutes, je n'ai pas pu dire non. Nous aurons ce week-end la visite de Son Altesse le prince de Galles.

– Tu es devenu fou !

Wenda se prit la tête entre les mains.

– Et je sens que je deviens folle, moi aussi !

2

Pendant tout le trajet de Londres à Creswell, Robby s'était demandé comment expliquer les choses à sa sœur. Il se rendait compte que Wenda, parce qu'elle habitait à la campagne et était très jeune, ne savait pas grand-chose du monde.

Et encore moins des hommes...

Comment lui faire comprendre ce que cela représentait pour lui d'être devenu l'un des amis du prince de Galles ?

Au cours des années précédentes, respectant une règle tacite, les journaux avaient évité de parler du futur roi. Quoi qu'il fasse, quoi qu'il dise, la conspiration du silence était la plus forte.

Malgré tout, les commérages allaient bon train dans certains cercles. On savait que le prince de Galles menait joyeuse vie... et les mauvaises langues ne chômaient pas. Quelques détails scabreux parvinrent jusqu'aux oreilles de la reine. Cela mit Sa Majesté dans une telle colère qu'elle décida que celui que l'on appelait amicalement Bertie n'était pas assez mûr pour être mis dans le secret des affaires d'État.

Le prince de Galles avait été obligé, pendant toute son enfance et son adolescence, de vivre dans une espèce de cage destinée à le protéger de ce que la reine appelait les tentations et l'immoralité. Il estimait s'être assez ennuyé pendant ces mornes années et ne songeait plus qu'à s'amuser.

La reine voyait tout cela d'un fort mauvais œil. Persuadée que le mariage empêcherait son fils de conter fleurette à d'autres femmes, elle le contraignit alors à épouser la princesse Alexandra.

Cela n'empêcha pas les rumeurs de courir...

Le prince comprit de lui-même qu'il valait mieux éviter de donner la moindre publicité à ses frasques. Il s'arrangea pour que l'on ne parle pas dans les journaux des réceptions qu'il donnait ou de celles auxquelles il se rendait.

Mais les ragots ne cessèrent pas pour autant !

Le prince de Galles se divertissait de farces de gamin. Au cours d'un dîner où la crème des meringues avait été remplacée par de la crème à raser, il rit pendant des heures. Il rit encore plus le soir où un valet – exécutant les ordres qui lui avaient été donnés – mit un homard vivant dans le lit de lord Dupplin. Et sa joie ne connut plus de bornes au cours d'un dîner chez la duchesse de Manchester, quand le majordome laissa choir dans un fracas terrible toute une pile d'assiettes juste derrière le duc.

Son hilarité décupla lorsqu'il s'aperçut que le coup avait été préparé à l'avance : les assiettes ne faisaient pas partie du beau service de Sèvres que l'on utilisait d'ordinaire. La duchesse avait fait acheter pour l'occasion de la porcelaine bon marché.

Son Altesse aimait beaucoup s'encanailler. L'un de ses amis, le marquis de Hastings, qui adorait sortir dans les bars louches, l'entraîna un soir dans un dancing.

Le marquis avait donné vingt guinées à un preneur

de rats pour qu'il amène ce soir-là deux cents gros rats d'égout dans des sacs. Il attendit que la piste de danse soit noire de monde pour ordonner que l'on éteigne les lumières. Le preneur de rats en profita pour ouvrir les sacs... Quelle panique parmi les danseuses lorsque l'on ralluma et que l'on vit une multitude de rongeurs courir en tous sens !

Dans tous les journaux, on décrivit avec force détails la débandade générale qui s'ensuivit.

Mais la reine ne trouva pas cela drôle du tout !

Oui, le prince savait rire de bon cœur et était capable d'apprécier un bon repas, un gros cigare ou une jolie femme. Cependant, s'il s'étourdissait ainsi, c'était parce qu'il lui était interdit de jouer le rôle pour lequel il avait été préparé.

Il regrettait profondément de ne pas assister aux réunions ministérielles, et encore plus de ne pas avoir le droit d'étudier le contenu des fameuses boîtes rouges renfermant tous les secrets d'État.

La reine Victoria demeurait intransigeante, si bien qu'il ne restait plus au prince qu'à mener joyeuse vie.

C'était cependant difficile de trouver chaque jour de nouvelles distractions pour amuser Son Altesse.

Ses amis faisaient de leur mieux, mais ils avaient peur des journalistes toujours trop curieux. « Sa Majesté la reine ne doit rien savoir ! », tel était le mot d'ordre.

Pour mieux garder le secret au sujet de ses sorties, le prince de Galles – à moins que ce ne soit l'un de ses amis – lança l'idée des week-ends mystères.

A vrai dire, le futur Édouard VII commençait à prendre de l'âge et du poids. Il préférait maintenant passer deux ou trois jours dans une confortable demeure plutôt que de hanter les dancings ou les bars fréquentés par des prostituées ou des marins ivres.

Tout le monde savait que le prince de Galles aimait les femmes. Curieusement, il ne s'était jamais intéressé aux très jeunes filles, leur préférant les personnes mariées ou les courtisanes.

D'ailleurs, chaque fois qu'il séjournait chez l'un de ses amis au cours d'un week-end mystère, la maîtresse de maison se vantait – que ce soit vrai ou pas – d'être devenue sa maîtresse. Quant au mari trompé, au lieu de monter sur ses grands chevaux, il jugeait que c'était un honneur que son épouse ait fait l'objet de la passion royale.

L'on pouvait comprendre que tout cela horrifiât la reine Victoria, qui avait donné son nom à la sévère morale victorienne !

Lorsque le prince de Galles fit la connaissance du jeune lord de Creswell, il le trouva charmant et plein d'esprit.

– Je me souviens si bien de votre père ! lui dit-il avec émotion. Il a plusieurs fois essayé d'arrondir les angles entre Sa Majesté et moi-même. Sans résultat, hélas !

Robby avait très vite fait partie de l'entourage proche du futur roi. Il était de toutes les fêtes à Marlborough House et avait accompagné le prince à la campagne pour plusieurs week-ends mystères.

Lorsque le propriétaire de la maison où ces messieurs avaient prévu de se réunir était veuf ou célibataire, chacun était libre d'amener sa belle amie du moment. A condition, bien entendu, que cette femme fasse partie de la bonne société ! Pas question d'inviter dans des demeures aristocratiques des actrices ou des courtisanes !

En revanche, si leur hôte était marié, les invités venaient seuls – ou avec leur épouse légitime.

Ces derniers temps, profitant de ce que la princesse Alexandra était allée au Danemark rendre visite à ses parents (qui n'étaient autres que le roi et la reine du Danemark), le prince de Galles invitait ses amis presque tous les soirs.

La veille encore, Robby faisait honneur à un délicieux filet de bœuf en croûte à Marlborough House quand le duc de Sutherland avait demandé :

– Que ferons-nous le week-end prochain ?

Tout le monde attendit respectueusement la décision du prince.

– Mes amis, j'ai pensé me rendre cette fois dans un château que je n'ai pas encore eu l'occasion de visiter. Il paraît que l'on trouve là-bas de superbes collections de peinture.

– De quel château s'agit-il ? demanda l'un des convives.

– Du château de Creswell, répondit le prince de Galles.

L'appétit coupé, Robby devint tout pâle.

– Le... le château de... de Creswell...

Le prince de Galles se tourna vers lui.

– Le défunt lord de Creswell – votre père – m'a souvent parlé des trésors que renferme cette demeure ancestrale datant de l'époque élisabéthaine.

Robby eut peine à retrouver sa voix.

– Il... il est exact que... que les Creswell possèdent des œuvres des plus grands peintres de tous les temps et... et de tous les pays, s'entendit-il croasser.

Sans remarquer son trouble, le futur roi déclara :

– Eh bien, c'est décidé ! Nous irons là-bas le week-end prochain ! Tout le monde est d'accord ?

Comment les invités du prince auraient-ils pu ne pas être du même avis que leur hôte ?

– Je sais que votre père aurait aimé que j'aille admirer le berceau de votre famille, Creswell, ajouta Son Altesse.

Glacé, tout tremblant intérieurement, Robby demeurait silencieux. Avec bonne humeur, le prince de Galles poursuivit :

– Comme vous êtes un excellent cavalier, je suis sûr que vous avez de bons chevaux ! Il doit y avoir de bien jolies promenades à faire dans la région.

Que pouvait répondre le jeune lord de Creswell ? Au prix d'un terrible effort, il réussit à balbutier :

– Ce... ce sera un grand honneur pour moi de vous recevoir, Altesse...

Il se tourna vers les autres convives.

– ... ainsi que vous tous, messieurs.

– Étant donné que ce domaine n'est pas très éloigné de Londres, nous nous y rendrons tous en voiture, reprit le prince. Ce sera beaucoup plus commode que de faire attacher mon wagon spécial à un train !

Il hocha la tête.

– Eh bien, tout est arrangé ! Creswell, nous arriverons chez vous vendredi vers six heures du soir !

Un peu plus tard, en regagnant le minuscule appartement qu'il louait sous les toits, Robby se sentait aux abois.

« Que faire ? » se demanda-t-il avec angoisse.

Il se tordit les mains.

« Comment les empêcher de venir ? Je pourrais peut-être dire que je suis malade ? A moins que je ne prétende que le château vient d'être la proie d'un terrible incendie et n'est plus qu'un amas de cendres ? »

Il se redressa, s'exhortant au calme.

Après tout, le château était magnifique et contenait des trésors.

« Tout ce que j'ai à faire, c'est de le rendre habitable le temps d'un week-end pour y recevoir Son Altesse et tous ses amis. »

Son optimisme naturel reprenant le dessus, il s'écria :

– Bah ! Ce n'est quand même pas la mer à boire !

La voix de sa sœur ramena le jeune homme à l'instant présent.

– Oui, tu te moques de moi, Robby !

Avec incrédulité, elle demanda :

– Le prince de Galles viendrait ici ? Au château de Creswell ? Je n'en crois pas un mot !

– C'est pourtant ainsi.

– Tu veux dire que tu l'as invité à prendre le thé ? Cela, c'est encore possible... Je peux m'arranger pour rendre le grand salon à peu près présentable avec l'aide de Banks.

– Il ne s'agit pas d'un malheureux thé ! Le prince et ses amis arriveront vendredi vers six heures du soir et passeront tout le week-end avec nous.

– Mais...

– C'est l'idée de Son Altesse. Comment aurais-je pu répondre que je ne voulais pas de lui chez moi ?

– Mais...

– J'ai déjà accepté son hospitalité tant de fois ! Mon tour est venu de rendre toutes ces invitations.

Oubliant ses œufs au bacon qui refroidissaient dans son assiette, Wenda se leva et se mit à faire les cent pas avec agitation.

– Recevoir le prince de Galles et ses amis ! Quand

nous n'avons pas de domestiques, à part Banks et sa femme ! Tu as perdu la tête, Robby !

– Nous allons nous arranger. Il suffit d'engager suffisamment de personnel.

– Et qui va payer ce personnel ?

– Je vais tout t'expliquer. Voyons, nous ne sommes que mardi... D'ici vendredi, nous aurons bien le temps de mettre les choses en place !

– Seigneur ! Te rends-tu compte du travail à accomplir ? C'est bien simple : la tâche me semble presque insurmontable !

– Je ne te reconnais plus, Wenda ! Serais-tu devenue défaitiste ?

– Pas vraiment, mais... Oh, je ne sais que dire ! Je m'attendais si peu à un pareil choc ! s'exclama la jeune fille en secouant la tête avec découragement.

– Ne t'inquiète donc pas ! Ton rôle se limitera à veiller à ce que tout soit prêt au moment voulu. Je vais établir la liste de ce qu'il faudra préparer, car je tiens à ce que Son Altesse et ses amis soient aussi bien reçus à Creswell qu'ils ont l'habitude de l'être ailleurs.

Wenda se rassit en voûtant les épaules.

– Robby, sommes-nous vraiment obligés de...

– Oui ! Sinon je perdrai l'amitié du prince de Galles, à laquelle j'accorde beaucoup d'importance.

– Je comprends cela.

– Cette visite...

– Nous avons si peu de temps pour la préparer, Robby ! s'exclama la jeune fille. Songe un peu... Il nous reste à peine quatre jours !

– Chaque chose en son temps. Laisse-moi d'abord terminer mon petit déjeuner, dit le jeune lord de Creswell en tartinant une généreuse couche de miel sur un toast beurré. Ensuite nous irons nous installer tranquillement au bureau pour faire le point.

– Comment peux-tu avoir faim quand...

La jeune fille se prit la tête entre les mains.

– C'est simple, moi je suis incapable d'avaler une bouchée !

Après avoir bu une dernière tasse de thé, Robby se leva.

– Allons, viens !

En soupirant, Wenda le suivit jusqu'au bureau.

– Assieds-toi, lui dit son frère.

Lui-même prit place derrière la table de travail de son père et trempa une plume dans l'encrier.

– Premièrement, nous devons établir la liste de ce qui doit être fait.

– Par qui ?

– Par les gens que nous allons engager pour un peu moins d'une semaine.

– Lesquels ?

– Tous ceux qui seront disponibles... Nous serions bien inspirés d'employer en premier lieu ceux qui connaissent la maison pour y avoir travaillé autrefois. Je pense tout d'abord à Mme Stevenson.

La gouvernante du château avait pris une retraite bien méritée à plus de soixante-dix ans et habitait maintenant l'un des cottages du village.

– Crois-tu qu'elle accepterait de venir nous aider ? demanda Robby.

– Oh, tout de suite ! Elle sera bientôt octogénaire, mais elle est toujours valide et il lui arrive souvent de monter au château pour rendre visite aux Banks. Je la crois parfaitement capable de reprendre du service et je la vois très bien donner des ordres à toute une équipe de femmes de chambre.

– Il nous en faudra au moins une demi-douzaine pour préparer les chambres ! Celles-ci devront être aussi accueillantes qu'elles l'étaient à l'époque où maman vivait encore.

– La tienne l'est ! J'y veille personnellement.

– C'est celle que nous donnerons au prince de Galles.

Wenda sursauta.

– Quoi ? Tu veux qu'il dorme dans la chambre du maître de maison ?

– N'est-ce pas la plus grande et la plus belle ?

– Si le prince de Galles nous honore de sa visite, je suppose qu'il a droit à ce qu'il y a de mieux ! fit la jeune fille sans enthousiasme. Combien de personnes attends-tu ?

– Douze – en me comptant. Nous aurons le duc de Sutherland, lord Carrington, lord Charles Beresford et probablement le marquis de Milverton... Je ne connais pas encore le nom des dames.

– Mon Dieu ! Et il va falloir ouvrir à l'intention de tous ces gens-là des chambres qui sont fermées depuis des années !

– Étant donné qu'elles se trouvent toutes au premier étage, cela ne devrait pas être difficile !

– Quoi ? s'écria Wenda avec incrédulité.

– Bah ! Douze personnes à recevoir, ce n'est pas une affaire !

La jeune fille préféra ne pas répondre.

– Tu verras, ma petite sœur, tout se passera bien ! assura Robby avec bonne humeur.

– En tout cas, je ne donnerai ma chambre à aucun de tes invités ! déclara Wenda avec fermeté. C'est bien simple, je ne l'offrirais même pas à la reine Victoria s'il lui prenait à son tour la fantaisie de visiter Creswell !

– Personne ne dormira dans ta chambre, je te le promets. Mais... hum...

Soudain, Robby paraissait gêné.
– Hum... je crains que tu ne sois obligée de partir pendant le séjour de mes amis.
– Partir ? Moi ? Mais que veux-tu dire ? Où veux-tu que j'aille ?
– Tu comprends, Wenda, il s'agit d'une réunion entre hommes...
– Tu viens de m'annoncer qu'il y aura des dames aussi !
– Oui, mais... hum...
La jeune fille commençait à s'impatienter.
– Enfin, Robby, où veux-tu en venir ?
– Chacun de ces messieurs – à l'instar du prince – amènera la femme de son cœur...
– La sienne, tu veux dire ?
Robby parut très embarrassé.
– C'est-à-dire que... euh... s'il s'agit de femmes mariées, elles... euh...
Les yeux bleus de la jeune fille s'agrandirent démesurément.
– Je... je ne comprends pas.
Son frère esquissa un demi-sourire.
– Oh si, tu comprends ! Je sais que tu comprends parfaitement. Ne te fais pas passer pour une stupide petite oie blanche, Wenda !
– Je ne suis pas une oie blanche, mais...
– Écoute, Son Altesse souhaite être avec ses amis et... et leurs belles amies. Quoi de plus naturel ?
– Quoi de plus naturel ? répéta Wenda d'un ton sarcastique.
– Au cours de ces week-ends mystères, le prince essaie de s'étourdir et d'oublier qu'il deviendra un jour roi de Grande-Bretagne et d'Irlande. Car même si sa mère l'écarte du pouvoir, il n'ignore pas que de grandes responsabilités l'attendent. Pourquoi ne s'offri-

rait-il pas de temps en temps un jour ou deux de détente ? A ce moment-là, il ne tient pas à être encombré d'écuyers, de courtisans ou d'une armée de domestiques trop curieux.

– Les dames dont tu parlais tout à l'heure sont-elles... de vraies dames ? Ou bien des... euh, des...

– Ce sont des dames de la haute société ! s'empressa de déclarer Robby.

– Mariées ?

– Je te l'ai dit !

– Mariées à quelqu'un d'autre ?

Sans attendre la réponse de son frère, Wenda poursuivit :

– C'est pour cela que tu ne veux pas que je sois là ? Une jeune fille à peine sortie du couvent n'est pas censée se trouver au milieu de femmes qui trompent leur mari ouvertement ?

– Ne juge pas, Wenda ! fit Robby à mi-voix.

– Je ne juge pas... mais je suis bien déçue de ne pas être présentée à Son Altesse le prince de Galles !

Il y eut un long silence. Robby paraissait de plus en plus gêné...

– Si je pars comme tu me le demandes, reprit Wenda, qui veillera à la bonne marche de la maisonnée ?

– Mme Stevenson.

– Elle ne peut pas avoir l'œil à tout. Si j'ai suffisamment de personnel, je peux m'arranger pour rendre les chambres habitables avant l'arrivée de tes invités. En revanche, les choses risquent de se passer mal aux cuisines. Même si Mme Banks est aidée par une ou deux villageoises, comment réussira-t-elle à préparer plusieurs repas raffinés si je ne suis pas là pour lui donner les instructions nécessaires, exactement comme le faisait notre mère quand elle recevait ?

– Je sais que lorsque le prince de Galles rend visite à ses amis, ceux-ci engagent parfois un cuisinier. Nous pourrions en faire autant... Je me renseignerai à ce sujet dès mon retour à Londres.

Wenda protesta aussitôt.

– Engager un cuisinier ? Que dirait Mme Banks ? Cela lui briserait le cœur... N'oublie pas que c'est elle, sous la supervision de maman, qui a préparé tous les grands dîners que l'on donnait ici autrefois ! Je me souviens que les invités disaient toujours que nous avions bien de la chance d'avoir une aussi bonne cuisinière.

Robby hocha la tête.

– C'est vrai, admit-il simplement.

Après un instant de réflexion, il déclara :

– Je vais te faire une suggestion qui ne te plaira sans doute pas beaucoup.

– Oui ?

– Tu pourrais rester ici pendant le séjour du prince et aider Mme Banks. Mais...

Il hésita avant d'ajouter d'un air confus :

– Mais personne ne doit savoir que tu es ma sœur !

La jeune fille sourit.

– Cela ne m'ennuie pas du tout ! Au moins, j'aurai un aperçu de la fête ! Je pourrai, entre deux portes, voir le prince et ces élégantes dont on parle si souvent dans les journaux...

Son frère la regarda sans chercher à cacher sa stupeur.

– Cela ne t'ennuie pas de rester cachée ? Je me disais qu'il vaudrait mieux que tu ailles passer quelques jours chez notre tante Jane ou...

– Oh, non ! Je m'ennuierais terriblement là-bas ! Et puis je ne cesserais de me demander comment se passent les choses à Creswell... Les lits sont-ils faits correctement ? Pense-t-on à apporter aux invités une tasse de thé au réveil ? Y a-t-il des fleurs fraîches au salon et dans les chambres ? Lorsque l'on reçoit, il faut veiller à mille détails... Et même si Mme Stevenson est pleine de bonne volonté et fera de son mieux, je crains qu'elle ne remarque pas tout. La pauvre femme n'y voit plus très clair : elle est affligée d'un début de cataracte...

La stupeur de Robby ne connaissait plus de bornes.

– Tu serais prête à t'occuper de tout... et à rester dans l'ombre ?

– Bien sûr.

– C'est très chic de ta part...

Il fit la grimace.

– Mais j'avoue que je me trouve un peu mufle dans l'histoire ! J'aurais tant aimé que ce soit toi qui accueilles le prince...

– Ne t'inquiète pas, je préfère voir tout cela plutôt que d'être vue. Et je te promets d'être aussi discrète qu'une petite souris !

Le ravissant visage de la jeune fille s'assombrit soudain.

– Mais cela va être bien difficile de tout préparer pour vendredi soir !

– Je vais te laisser la liste que je viens d'établir. Tu trouveras sûrement beaucoup d'autres choses à ajouter !

Wenda s'assit en face de son frère et jeta un coup d'œil sur les quelques lignes qu'il venait d'écrire.

– C'est tout ? demanda-t-elle avec étonnement.

– Il vaut mieux que je t'explique de vive voix comment se passent ces week-ends. Ainsi tu comprendras mieux la situation.

La jeune fille trempa une plume dans l'encrier.

– Je vais tout noter pour être sûre de ne rien oublier. Ne parle pas trop vite !

– Tout d'abord, il faut que tu saches que Son Altesse tient à ce que ses amis se comportent bien devant les domestiques.

Wenda sursauta.

– Je l'espère !

Robby eut un sourire presque cynique.

– On voit bien que tu n'as aucune idée de la manière dont peuvent dégénérer certains dîners ! Les convives boivent trop, et ensuite... hum, ensuite...

– Ensuite, ils se tiennent mal !

– Cela peut arriver. Et les domestiques qui voient tout cela peuvent le répéter.

– Si les dames invitées par Son Altesse et tes amis séjournent ici incognito – et étant donné leur situation, je le comprends ! –, les domestiques ne pourront pas faire de commérages.

– Pour éviter les ragots, justement, elles évitent toujours de venir accompagnées de leur femme de chambre. Il faudra donc que celles que tu vas engager les aident à s'habiller en plus de leurs tâches courantes : servir les repas, faire le ménage, monter l'eau des bains...

– Les valets seront chargés de monter l'eau.

– Je te laisse organiser tout cela. Ah, autre chose ! Je te donnerai des petits cartons avec les noms des invités. Il faudra que tu t'arranges pour fixer ces cartons sur la porte de chacune des chambres.

– Quelle drôle d'idée !

– C'est très important.

Robby n'ajouta pas que cette précaution était destinée à éviter que l'un de ces messieurs ne se trompe de porte en allant voir sa belle du moment.

– Une fois le dîner servi et les lits préparés, les domestiques devront retourner à l'office et ne plus réapparaître, ajouta-t-il.

– C'était toujours ce qui se passait lorsque nos parents recevaient. Maman n'aimait pas que les serviteurs travaillent trop tard. Il ne restera plus à tes invitées qu'à se préparer seules pour la nuit. Ce qui n'est pas bien compliqué ! Moi, je n'ai jamais eu de femme de chambre !

– Encore autre chose !

Wenda reprit sa plume.

– Je t'écoute.

– Dans toutes les maisons où j'ai séjourné avec le prince de Galles, j'ai remarqué qu'il y avait à côté du lit une assiette de petits canapés et une bouteille d'eau de Malvern.

– Maman prévoyait cela aussi ! Mais j'avoue que je l'avais oublié...

– N'oublie pas les canapés et l'eau de Malvern.

– Elle est très chère !

Robby se mordit la lèvre inférieure. Ils en étaient arrivés au sujet le plus difficile de leur conversation : l'argent.

Il se leva.

– Viens avec moi. Je tiens à ce que tu voies ce que je vais faire, comme cela tu ne pourras pas m'accuser plus tard d'avoir abusé de ta bonne foi.

Au XVIIIe siècle, on avait ajouté deux ailes au corps de bâtiment principal. Dans chacune d'elles se trouvait une longue galerie de tableaux de maîtres dont certains, très anciens, avaient énormément de valeur.

En pénétrant dans l'une de ces galeries à la suite de son frère, la jeune fille murmura :

– Tu vas me dire qu'il faut nettoyer les œuvres qui ont été mises sous verre ? Je le sais... Mais nous ne pourrons pas toucher aux peintures à l'huile : il faudrait des spécialistes pour cela.

– Fais-les venir.

– Cela va coûter cher !

– Tant pis ! Le château doit avoir l'air d'être parfaitement entretenu.

– Il faudra donc engager encore plus de personnel que je ne le pensais.

La jeune fille leva les bras au ciel.

– Mon Dieu ! Mais comment allons-nous payer toutes ces dépenses somptuaires ?

Robby demeura silencieux. Il venait de s'arrêter devant un tableau intitulé *Nature morte au homard* – une œuvre de Delacroix.

Wenda n'avait jamais beaucoup aimé cette œuvre.

– Comment peut-on peindre un pauvre animal à moitié agonisant qui va être cuit et mangé ? demandait-elle.

Il y avait au château d'autres tableaux de Delacroix qu'elle appréciait beaucoup plus !

A sa grande surprise, son frère décrocha cette toile du mur.

– Que vas-tu faire avec cela ? s'étonna la jeune fille.

– Je vais l'emporter à Londres, avec un autre tableau. Ils seront aussitôt expédiés à Paris.

– A Paris ! Pourquoi donc ?

– Pour les faire copier.

Sidérée, Wenda demeura pendant quelques instants sans voix.

– Copier ? Mais tu n'en as pas le droit !

– Tant pis, je le prends. Ces deux tableaux seront reproduits avec tant de fidélité que nul ne remarquera la substitution. Le jour où les experts viendront faire l'inventaire, ils trouveront une copie suspendue au mur mais n'y verront que du feu – même s'ils y regardent de près. Ce dont, entre nous, je doute fort !

– Et que... que feras-tu de... des originaux ? demanda la jeune fille, horrifiée.

– Je les vendrai.

– Robby !

– Écoute, j'en ai assez, plus qu'assez de vivre dans un minuscule appartement alors que nous possédons une fortune incalculable en tableaux et en objets d'art. J'en ai assez de devoir faire attention à chaque *penny* que je dépense. J'en ai assez de ne pas pouvoir rendre à mes amis leurs invitations.

Sa voix monta.

– Pourquoi devons-nous vivre dans la misère au milieu de tous ces trésors ?

– Ces trésors, comme tu dis, figurent tous à l'inventaire ! Il s'agit du patrimoine que tu es censé transmettre un jour à ton fils !

– Crois-tu que j'aurai jamais les moyens de me marier ? Depuis que je vis dans l'entourage du prince et de ses riches amis, je me rends compte de tout ce qu'il faut dépenser pour vivre sur un certain pied.

Il soupira.

– Tâche de regarder la réalité en face, Wenda. Nous sommes couverts de dettes ! Grâce à la vente de ces tableaux – tu noteras que j'ai choisi ceux que nous aimons le moins –, je pourrai non seulement recevoir dignement le prince de Galles, mais aussi désintéresser nos créanciers et le banquier qui nous a fait confiance pendant si longtemps.

– Et si ton fils s'aperçoit que tu as...

– Si par hasard j'ai un jour un fils, j'espère qu'il sera assez intelligent pour comprendre que je ne pouvais pas agir autrement. Nécessité fait loi !

D'un pas décidé, Robby se rendit dans la galerie faisant face à celle où il venait de décrocher la *Nature morte au homard*.

Wenda le suivit en se tordant les mains.

– Si quelqu'un remarquait l'absence de ce tableau...

– De *ces* tableaux ! coupa Robby.

Il dut monter sur une chaise pour atteindre une petite toile de Baugin, un peintre du XVIIe. Cette œuvre, que Wenda ne regardait jamais tant elle la trouvait ennuyeuse, représentait un verre de vin et une assiette de gaufrettes.

« Même si ces deux toiles devaient disparaître à tout jamais, cela ne me gênerait pas, pensa la jeune fille. Mais les experts qui viennent vérifier régulièrement si le contenu du château correspond bien à l'inventaire qui en a été fait n'auraient certainement pas la même réaction. Quel drame s'ils se rendaient compte de ce que mon frère a fait ! »

Elle prit une profonde inspiration.

– Robby, si quelqu'un s'apercevait que...

Lord de Creswell ne la laissa pas en dire davantage.

– Personne, à part toi, moi et le peintre qui reproduira ces œuvres ne saura ce qui s'est passé. Quand je reviendrai avec les copies, qu'il aura mises dans le cadre d'origine, nous n'aurons plus qu'à les suspendre au mur... et les gens n'y verront que du feu !

La jeune fille comprit que son frère était tellement déterminé qu'elle perdrait son temps en essayant de lui faire entendre raison.

– Ton... ton faussaire...

Robby laissa échapper un rire sarcastique.

– Mon faussaire, oui !

– Es-tu sûr, absolument sûr, qu'il saura copier ces deux œuvres ?

– Je suis allé dans son atelier à Paris avec le prince de Galles. J'y ai vu plusieurs copies d'œuvres exposées au Louvre, et je défie quiconque de distinguer la copie de l'original ! Cet artiste – car c'en est un, à sa façon ! – pousse le raffinement jusqu'à chercher des toiles datant de l'époque à laquelle le tableau qu'il doit reproduire a été exécuté.

– Tu as confiance en cet homme ?

– Il m'a bien fait confiance, lui !

– Comment cela ?

– Il m'a déjà remis cinq cents livres sterling d'avance sur les deux tableaux que je lui ai promis. Et il pense pouvoir me donner mille livres de plus une fois qu'il les aura vendus à de discrets collectionneurs.

– Discrets, il vaut mieux qu'ils le soient ! murmura Wenda en pinçant les lèvres.

– Ce sont des gens qui ne se préoccupent pas trop de l'origine des œuvres qu'ils achètent.

Avec un sourire cynique, Robby ajouta :

– Je peux te dire que je ne suis pas le seul, apparemment, à avoir recours à un tel subterfuge !

– Cinq cents livres sterling suffiraient largement à régler toutes les dépenses du week-end ! fit Wenda.

Elle hésita un instant avant de demander :

– Pourrais-je payer les gages de Donson avec cet argent jusqu'à ce que tu aies le temps de vendre ma broche ?

– Nous ne braderons pas tes bijoux, pas tant que nous pourrons nous arranger autrement. Je vais te donner tout de suite de quoi payer les gens que tu vas employer.

– Il me faudra aussi de l'argent pour acheter de la nourriture. Les bonnes choses coûtent cher !

– Je le sais. De mon côté, je me chargerai du vin.

Robby remit trois cents livres à sa sœur.

– Il me semble que cela devrait suffire...

– Je le pense.

– Grâce aux deux cents livres qui restent, je pourrai rembourser une partie de nos dettes les plus criantes.

– Donc je n'ai pas à m'occuper du vin ? Je peux compter sur toi pour cela ?

– Bien sûr. J'apporterai plusieurs caisses de vin fin, de champagne et de liqueurs vendredi. Et maintenant, il faudrait que tu me trouves quelque chose pour envelopper ces toiles. Ensuite je n'aurai plus qu'à retourner à Londres !

– Déjà ?

– Je connais quelqu'un qui part demain pour Paris et portera ces tableaux au peintre. Et puis j'ai promis à Son Altesse de l'accompagner aux courses demain après-midi.

Robby prit les mains de sa sœur.

– Comment te remercier, Wenda ? Quand je pense que tu acceptes de t'occuper de tout en restant dans l'ombre, j'ai vraiment honte !

– Je ferai de mon mieux... en espérant que tout sera prêt à temps – ce qui va être bien difficile !

La jeune fille jeta un coup d'œil à la pendule.

– Le temps a passé vite ! Il est déjà presque midi et je suis sûre que Mme Banks t'a préparé un bon déjeuner. De plus tes chevaux – que tu as dû mener à un train d'enfer pour arriver à une heure aussi matinale –, ont besoin de se reposer un peu avant de repartir.

– Tu as raison, dit Robby en souriant. Je suis tellement énervé... Tant de choses dépendent de ce week-end ! J'ai peur que les choses ne tournent mal...

– Ce n'est pas ainsi qu'il faut raisonner. Ne t'inquiète pas, tout va bien se passer.

– Grâce à toi !

Wenda sourit.

– Comment pourrais-je refuser de te venir en aide quand tu as besoin de moi ?

Avec un petit soupir, elle ajouta :

– Mais j'aimerais bien que tu reviennes plus souvent à Creswell. Je me sens un peu seule ici depuis ton départ...

– Pauvre petite Wenda ! J'ai quitté ma province pour découvrir la grande ville... et les expériences que j'ai vécues m'ont mûri.

Il contempla les tableaux qu'il venait de décrocher.

– Tu sais, jamais je n'aurais osé faire cela il y a un an !

La jeune fille hocha la tête.

– Tu as changé, c'est certain. Tu es devenu un homme... et je comprends que tu aies beaucoup de succès à Londres.

– Et à Paris ! fit Robby avec une certaine fierté.

– Tu dois t'ennuyer lorsque tu reviens à Creswell.

– Pas du tout ! J'aime beaucoup le domaine et je souhaiterais y passer plus de temps à l'avenir. Par ailleurs j'ai l'intention de m'arranger – d'une manière ou de l'autre – pour avoir assez d'argent afin de t'offrir une saison à Londres. Il faut que tu te maries avec un homme séduisant, riche et titré !

Wenda éclata de rire.

– Si maman t'entendait, elle te dirait que le chemin de l'enfer est pavé de bonnes intentions.

– Bah ! Tant pis si je me retrouve en enfer après ! Au moins, j'aurai bien vécu.

– Robby, ne parle pas ainsi, je t'en conjure !

Saisie d'une soudaine inquiétude, la jeune fille demanda :

– Quand penses-tu avoir les copies de ces deux tableaux ?

Robby demeura évasif.

– Cela devrait être assez rapide. Ne t'inquiète pas,

ma petite sœur, ils auront retrouvé leur place avant la venue des experts !

– C'est-à-dire à la fin de l'année.

– Tu vois, nous avons tout le temps du monde !

Wenda demeurait anxieuse.

– J'espère que personne ne remarquera leur absence.

– Les seuls qui pourraient s'apercevoir qu'un Delacroix et un Baugin ont disparu sont nos ancêtres, dit Robby avec un haussement d'épaules. A condition encore que leurs fantômes hantent les galeries, la nuit... Pour ma part, je n'ai jamais vu un revenant à Creswell !

Wenda frissonna.

– Moi non plus. Mais si tu commences à brader le patrimoine familial, Dieu seul sait ce qui pourra se passer !

3

Les chevaux étaient moins fringants qu'à l'aller et Robby ne put regagner Londres aussi vite qu'il l'aurait souhaité.

Dès son arrivée, il se rendit chez M. Hudson, l'ami qui lui avait parlé pour la première fois de Sula, un peintre parisien spécialisé dans la copie.

Il avait fait la connaissance de cet amateur d'art à Marlborough House. Dès que M. Hudson comprit que lord de Creswell possédait l'une des plus belles collections de tableaux de l'Angleterre, il l'invita à dîner chez lui.

Lui-même avait de très belles toiles que Robby admira en connaisseur.

Très vite, M. Hudson se rendit compte que son jeune ami se débattait au milieu d'inextricables difficultés financières. Lorsque Robby lui apprit qu'il se rendait à Paris avec le prince de Galles, M. Hudson lui conseilla d'aller visiter l'atelier de Sula.

– Ce faussaire génial copie tout ce que l'on veut... avait-il ajouté. Je sais que plusieurs aristocrates britanniques à court d'argent lui ont fait exécuter des copies de tableaux qu'il s'est ensuite chargé de vendre un très bon prix.

– Est-ce possible ?

M. Hudson avait haussé les épaules d'un air à la fois amusé et résigné.

– Vous savez, c'est une solution comme une autre quand on se trouve aux abois !

Après un silence, il avait déclaré :

– Pour éviter des ennuis, mieux vaut cependant ne pas choisir les tableaux les plus connus !

– Pouvez-vous me donner l'adresse de ce peintre ? lui avait demandé Robby. Puisque je dois aller à Paris, je pourrai toujours aller voir ce qu'il fait.

– Vous serez certainement surpris de la qualité de ses œuvres !

Le jeune lord de Creswell comprit par la suite que son nouvel ami agissait souvent en qualité d'intermédiaire entre le peintre parisien et de jeunes aristocrates à court d'argent. Peu à peu, cette idée qu'il avait trouvée au départ extravagante – et surtout malhonnête – lui paraissait de plus en plus attirante.

« Et pourquoi n'aurais-je pas recours, moi aussi, aux services de cet homme ? N'ai-je pas un besoin désespéré de capitaux ? »

Il se trouvait même des excuses.

« Est-ce malhonnête ? Pas vraiment ! Pourquoi serais-je condamné à mourir de faim au milieu de ces superbes tableaux que personne ne vient jamais admirer pour la bonne raison que je ne peux pas recevoir ! »

En entendant la voiture s'arrêter devant sa porte, M. Hudson sortit.

– Je vous attendais, mon jeune ami, dit-il à Robby en souriant. Avez-vous... hum, ce que vous étiez allé chercher ?

– Mais oui.

– Bravo ! Entrez donc !

Lord de Creswell donna un bon pourboire au cocher

et lui dit qu'il pouvait ramener la voiture chez le loueur. Puis il prit les tableaux que sa sœur avait enveloppés dans un vieux couvre-lit en soie bordeaux et suivit M. Hudson au salon.

Ce dernier parut soudain très impatient.

– Voyons vite cela !

Lord de Creswell défit le dessus-de-lit et posa les toiles sur deux fauteuils. Puis il attendit le verdict de M. Hudson qui les contemplait en silence.

– Superbe ! déclara-t-il enfin. Notre homme à Paris devrait en tirer un bon prix.

– Du Delacroix, je veux bien le croire. Mais du Baugin ? demanda Robby d'un air dubitatif.

– Il y a eu récemment une exposition de ce peintre et les prix ont atteint des sommets. Je suis sûr que les deux toiles se vendront aussi bien l'une que l'autre.

M. Hudson fronça les sourcils.

– Tout ce que j'espère, c'est que nul, à Creswell, ne va clabauder sur la disparition momentanée de ces œuvres !

– La seule personne à être au courant est ma sœur, Wenda. Je lui fais entièrement confiance !

– Parfait... Il ne me reste plus qu'à acheminer ces tableaux en France. Nous les livrerons à l'un de mes amis. J'ai rendez-vous avec lui ce soir, aux alentours de six heures. Il doit en ce moment même remonter la Tamise à bord de son yacht. Cela nous laisse le temps de boire une coupe de champagne au succès de notre entreprise... Puis nous pourrons aller ensemble jusqu'aux quais.

– Très volontiers !

Après avoir vidé une bouteille d'excellent champagne, les deux hommes montèrent dans une confortable calèche. Le cocher de M. Hudson les conduisit jusqu'à un quai désert situé à peu de distance de la Tour de Londres.

En descendant de voiture, lord de Creswell fit la grimace.

– Je ne vois aucune embarcation !

M. Hudson ne paraissait pas inquiet.

– Il ne nous reste plus qu'à attendre. De toute manière, nous sommes en avance... Et avec ce vent, la traversée de la Manche a dû être difficile.

Robby était moins rassuré.

– Votre ami ne vous aurait pas oublié ?

Sa visible anxiété amena un sourire aux lèvres de M. Hudson.

– Certainement pas ! Je lui ai rendu suffisamment de services pour qu'il m'en rende quelques-uns à son tour. Ce n'est pas la première fois, croyez-moi, qu'il traverse discrètement le *Channel* ! Et...

M. Hudson s'interrompit et mit sa main en écran au-dessus de ses yeux pour mieux scruter le fleuve.

– Le voici !

Robby laissa échapper un soupir de soulagement en voyant approcher un yacht blanc aux formes élancées.

« Moi qui adore la mer, que ne donnerais-je pas pour posséder un bateau comme celui-là ! » pensa-t-il avec une pointe d'envie.

Il fallut un certain temps au voilier pour atteindre le quai où se tenaient les deux hommes. Trois marins sautèrent à terre avec les amarres, tandis qu'un autre descendait la passerelle en acajou verni.

Les deux hommes montèrent à bord, où ils furent accueillis par un Français d'âge moyen.

M. Hudson fit rapidement les présentations :

– Lord de Creswell... le comte de Laufé.

Il se tourna vers ce dernier :

– Avez-vous fait bon voyage ?

– Excellent, merci. Je crois avoir battu mon record !

– Cela me fait plaisir de vous voir.

– Moi aussi. Je suppose que vous avez, comme d'habitude, un petit travail discret et urgent à me confier ?

Il éclata de rire.

– Sula prépare déjà ses pinceaux !

Il fit entrer les deux hommes dans un petit salon dont les parois étaient revêtues d'acajou. Sur une table ornée de baguettes en cuivre, une bouteille de champagne attendait dans un seau à glace.

« Le prince de Galles serait bien heureux d'être à ma place en ce moment, lui qui est si gourmand ! » se dit Robby en voyant des toasts tartinés de foie gras.

– Asseyez-vous, dit le comte de Laufé.

Lord de Creswell hésita.

– Les tableaux...

– Ne vous inquiétez pas, mes hommes vont les apporter à bord. S'ils sont aussi bons que ceux dont m'a déjà chargé Hudson, ils auront droit à leur propre cabine avant d'être remis à Sula.

– Oh, ils sont superbes ! assura M. Hudson.

– Tant mieux ! Hudson, pouvez-vous m'accorder une faveur ?

– Tout ce que vous voudrez, Laufé.

– Voilà ce dont il s'agit... Figurez-vous que j'étais sur le point de quitter Ostende quand une jeune femme m'a supplié de lui venir en aide. Elle souhaitait arriver à Londres dans les plus brefs délais... Comment aurais-je pu lui refuser de faire la traversée à bord du *Neptune* ?

M. Hudson haussa les sourcils.

– Je croyais que vous ne vouliez jamais prendre de passagers !

– J'avoue ne pas avoir eu le courage de dire non à cette jolie femme... Et comme je ne peux décemment pas la laisser seule sur ce quai, puis-je vous demander, puisque vous êtes venu jusqu'ici en voiture, Hudson, de la conduire à l'adresse qu'elle vous indiquera ?

– Naturellement. Cela ne vous ennuie pas, Creswell ?

– En aucune manière.

Sur ces entrefaites, un steward vint remplir leurs coupes.

– Pouvez-vous prier Mme Frazer de venir nous rejoindre au salon ? lui demanda le comte de Laufé en français.

– Tout de suite, monsieur le comte.

M. Hudson attendit que le steward soit sorti pour demander :

– Qui est cette dame ?

– A vrai dire, je n'en sais pas plus que vous !

– Comment est-ce possible ?

– Elle est venue me trouver sur le port d'Ostende parce qu'elle savait que le *Neptune* était sur le point d'appareiller en direction de l'Angleterre. C'est tout !

– Ne lui avez-vous pas demandé pourquoi elle voulait se rendre à Londres ?

– Non, pour la bonne raison que j'ai pour règle de ne jamais poser de questions aux personnes qui ne semblent pas avoir envie de faire de confidences.

Hudson éclata de rire.

– Vous êtes le plus discret des hommes, Laufé. Entre nous, cela m'arrange bien !

Quelques instants plus tard, le steward ouvrit la porte du salon et s'effaça pour laisser passer Mme Frazer.

Aussitôt, les trois hommes se levèrent. Robby, qui s'attendait à ce que la passagère du *Neptune* soit une personne d'un certain âge, fut très surpris en voyant entrer une très jeune femme qui ne devait pas avoir plus de dix-huit ans. Elle était ravissante avec ses cheveux noirs comme l'ébène, son teint d'albâtre et ses grands yeux d'un bleu si foncé qu'ils en paraissaient presque violets.

Quand il lui serra la main, il eut l'impression qu'elle était ou bien très timide, ou bien effrayée.

« Mais de quoi pourrait-elle avoir peur ? » se demanda-t-il avec étonnement.

Mme Frazer se contenta de tremper ses lèvres dans la coupe de champagne que lui offrait le comte de Laufé. Elle refusa les toasts au foie gras auxquels M. Hudson et Robby faisaient honneur.

– Madame, vous voici arrivée à destination, lui dit le comte. M. Hudson et lord de Creswell vous conduiront où vous le désirez. Quant à moi, je vais profiter de la marée pour descendre la Tamise...

Il adressa un regard entendu à Robby.

– Si tout se passe bien, j'espère être à Paris demain soir.

– Merci, dit lord de Creswell. Merci infiniment.

– Oui, merci mille fois, renchérit M. Hudson en se dirigeant vers le pont.

Robby le suivit avec Mme Frazer.

– Où voulez-vous que nous vous conduisions, madame ? lui demanda-t-il.

Sans réfléchir, il lui avait parlé en anglais. Mais ce fut dans cette langue qu'elle lui répondit.

– Je... je l'ignore.

Robby la regarda avec stupeur.

– J'avais compris que vous deviez aller rejoindre des amis...

Elle évita son regard.

– Je ne connais personne à Londres, déclara-t-elle en descendant la passerelle.

Après un instant d'hésitation, elle demanda :

– Mais peut-être pourriez-vous me recommander un... un petit hôtel tranquille ?

Robby ne sut que répondre. Il trouvait incroyable que cette Mme Frazer, qui semblait très jeune et peu sûre d'elle, débarque à Londres sans savoir où aller !

Certes, il connaissait les grands hôtels de la ville, mais leurs directeurs n'encourageaient pas les femmes seules à y séjourner – surtout quand elles étaient jeunes et jolies.

« Et dans un hôtel bon marché, elle risque d'être importunée par des clients sans trop de scrupules ! »

Déjà, le yacht s'éloignait du quai. M. Hudson et Robby répondirent au salut du comte de Laufé, qui se tenait debout à l'arrière, à côté du drapeau tricolore qui claquait dans le vent. Mme Frazer se contenta de lui adresser un timide signe de la main.

– J'ai demandé au cocher de me déposer à mon club, dit M. Hudson. Si cela ne vous ennuie pas, vous pourriez conduire Mme Frazer à l'endroit où elle est attendue, Creswell.

Robby jugea inutile de lui expliquer que Mme Frazer ne savait pas où aller.

– Après cela, n'hésitez pas à garder la voiture si cela peut vous rendre service, ajouta M. Hudson.

– C'est très aimable à vous, répondit le jeune lord. Merci beaucoup.

Son ami devait s'imaginer qu'il était invité à une élégante soirée – peut-être à Marlborough House. Mais ce soir-là, exceptionnellement, Robby n'avait rien de prévu.

Quelques minutes plus tard, la voiture s'arrêta devant le club de M. Hudson.

Ce dernier s'inclina devant Mme Frazer.

– Au revoir, madame. J'espère que vous passerez un agréable séjour à Londres.

– Merci, monsieur.

Après le départ de M. Hudson, le cocher attendit les instructions. Robby se tourna vers la jeune femme d'un air soucieux.

– Trouver un hôtel agréable...

– Et respectable !

– Cela va sans dire ! Honnêtement, j'ai beau chercher, je ne trouve pas l'endroit idéal où j'aimerais voir ma sœur séjourner seule...

– Il doit bien y avoir, dans une aussi grande ville que Londres, un hôtel correct où je me sentirais en sécurité ! s'exclama Mme Frazer.

Même si elle s'efforçait de le cacher, elle paraissait pleine d'appréhension.

« Comment lui expliquer qu'elle est trop jeune et trop jolie pour séjourner seule dans un hôtel ? se demanda Robby. C'est que les clients de ces établissements ne sont pas tous des saints... La pauvre femme a l'air tellement candide ! Elle risque d'avoir de gros ennuis. »

Il soupira avant de demander à voix haute :

– Est-ce la première fois que vous venez à Londres ?

– Euh... oui.

– Comment se fait-il que votre anglais soit aussi parfait ? Vous avez juste une pointe d'un délicieux accent...

Elle rougit.

– S'agit-il d'un compliment ? Dans ce cas, je vous en remercie. Si je parle anglais couramment, c'est tout simplement parce que j'ai eu pendant plusieurs années une gouvernante anglaise.

– Voilà qui explique votre maîtrise de notre langue ! Mais pourquoi votre mari vous laisse-t-il voyager seule ? Pourquoi ne vous accompagne-t-il pas ?

La jeune femme parut embarrassée.

– Mon... euh, mon mari est mort, répondit-elle enfin.

– C'est bien triste, fit Robby automatiquement.

Mais il avait noté que Mme Frazer avait eu du mal à dire « mon mari »...

« Elle n'a pas du tout l'air d'une femme mariée et encore moins d'une veuve ! » pensa-t-il.

Il jeta un coup d'œil discret à la main gauche de la jeune femme et s'aperçut qu'elle portait une alliance.

« Ce n'est pas forcément une preuve ! »

Pendant qu'ils parlaient, le cocher avait laissé ses chevaux repartir au pas. Voyant qu'ils étaient sur le point d'arriver à Mayfair, Robby déclara :

– Il se fait déjà tard et je ne vois vraiment pas où je pourrais vous déposer ce soir.

– Que vais-je devenir ? s'écria-t-elle.

– Je vais vous le dire. L'un de mes amis possède un appartement dans la maison où j'ai moi-même un petit logement. Mon ami, qui est parti aujourd'hui pour la campagne, m'a laissé l'utilisation de son appartement. Je pourrais y passer la nuit et vous dormiriez chez moi.

Mme Frazer ne marqua aucune hésitation.

– Vraiment ? Vous êtes trop gentil...

– Et demain, nous aurons le temps de chercher une autre solution !

– Je... je suis navrée de m'imposer ainsi. Mais je suis venue à Londres en si grande hâte que je n'ai rien pu organiser.

Elle jeta un coup d'œil quelque peu effrayé par la portière.

– Et je dois dire que la ville me paraît beaucoup plus vaste que je ne le pensais !

Robby éclata de rire.

– Le soir, tout paraît toujours plus inquiétant. Demain, avec le grand jour, vous verrez que les choses s'arrangeront ! Vous retrouverez certainement le nom d'amis chez lesquels vous pourriez séjourner...

– Je n'ai pas d'amis à Londres.

Avec une confiance presque enfantine, elle ajouta :

– Mais je vous suis très reconnaissante de m'avoir trouvé une chambre pour cette nuit.

Avant de l'ouvrir, lord de Creswell frappa à la petite vitre de séparation pour attirer l'attention du cocher.

– Conduisez-nous Milton Street, au numéro dix, s'il vous plaît.

– Bien, milord.

Il ne leur fallut pas plus de cinq minutes pour arriver devant le domicile de Robby. Le valet qui se tenait à l'arrière de la voiture sauta à terre et vint ouvrir les portières. Puis il sortit de la malle arrière une petite valise en cuir que Robby contempla avec stupéfaction.

– Est-ce tout ce que vous avez comme bagages ?

Il était abasourdi, lui qui avait l'habitude de voir la plupart des femmes voyager avec une quantité incroyable de malles et de cartons à chapeaux...

– Je... j'ai dû partir en hâte.

Un portier en uniforme attendait devant la porte de l'immeuble.

– Bonsoir, milord, dit-il à Robby, tout en prenant la valise que venait de lui apporter le valet.

– Cette dame va passer la nuit chez moi, Jenkins. J'utiliserai l'appartement de M. Spiny.

– Très bien, milord. Je vais porter la valise là-haut.

– Merci, Jenkins.

L'appartement de Robby était composé d'un petit salon, d'une chambre aux dimensions réduites et d'une salle de bains minuscule. Le jeune lord l'avait trouvé suffisamment confortable – et bon marché. De toute manière, son budget ne lui permettait pas de s'offrir un logement plus vaste. Et le plus important n'était-il pas d'habiter l'un des quartiers les plus élégants de la ville ?

Cela lui permettait de faire des économies en frais

de voiture, car il pouvait se rendre à pied chez la plupart de ses amis.

Mme Frazer entra dans le salon exigu meublé d'un secrétaire Régence et de quelques fauteuils du même style que Robby avait fait venir du château de Creswell. D'un air approbateur, elle regarda les rayonnages chargés de livres qui s'alignaient au mur, à côté de jolies gravures.

– Vous avez un bien agréable appartement, dit-elle de sa voix musicale.

– Il n'est pas très grand mais me suffit largement quand je suis à Londres.

Robby jeta un coup d'œil à la pendule qui ornait la cheminée.

– Me permettrez-vous de vous inviter au restaurant, une fois que vous vous serez un peu reposée ?

Les yeux de Mme Frazer s'illuminèrent.

– Cela me ferait tellement plaisir d'aller au restaurant !

Soudain confuse d'avoir manifesté un pareil enthousiasme, elle murmura :

– Vous... vous êtes bien sûr de ne pas avoir d'autre engagement ? C'est que je ne voudrais pas abuser de votre temps...

Robby s'inclina.

– Madame, je serais très heureux si vous acceptiez de dîner avec moi.

Elle n'hésita plus.

– Avec plaisir ! Merci ! Merci infiniment...

Après lui avoir fait visiter son petit appartement, lord de Creswell déclara :

– Je viendrai vous chercher à huit heures et demie. Cela vous permettra de dormir un peu. Vous devez être fatiguée après avoir traversé la Manche en bateau !

– Je suis bien trop énervée pour dormir ! Pensez...

Pour la première fois de ma vie, je suis invitée au restaurant !

Robby eut un sourire indulgent.

– Si vous avez besoin de quoi que ce soit, n'hésitez pas à vous adresser au portier, qui est très serviable. Vous pouvez aussi frapper à la porte de l'appartement situé juste en dessous de celui-ci. C'est là que je serai.

– Je ne sais comment vous remercier !

Robby prit un habit du soir dans l'armoire de sa chambre et descendit chez son ami. Si l'appartement de ce dernier était l'exacte réplique du sien, il était meublé avec beaucoup moins de recherche.

« Cette Mme Frazer me semble bien étrange... », pensa-t-il.

Comment une jeune femme de bonne famille – car elle l'était, c'était évident – pouvait-elle voyager seule ?

« Sans une femme de chambre, sans une dame de compagnie, sans même une amie... J'aimerais savoir aussi pourquoi elle a décidé de venir à Londres, à bord du yacht d'un inconnu, avec une seule petite valise pour tout bagage. Oui, tout cela est fort bizarre ! »

Tout en prenant son bain, Robby se dit que le prince de Galles, qui aimait les histoires sortant de l'ordinaire, serait très intrigué s'il connaissait celle de Mme Frazer.

« Mieux vaut éviter de lui parler d'elle, pensa-t-il. Il voudrait aussitôt la voir et risquerait de lui poser des questions embarrassantes. »

Robby pinça les lèvres.

« En tout cas, ce n'est certainement pas lui qui aurait proposé à une inconnue d'occuper son appartement tandis qu'il irait s'installer dans un endroit moins agréable ! »

Le visage du jeune lord s'assombrit.

« Cette jeune personne est inconsciente des risques qu'elle peut courir dans un pays étranger ! C'est un peu, ma foi, comme si Wenda partait seule en France ! »

Plus il pensait à Mme Frazer – si du moins c'était bien le nom de la jeune personne à qui il avait offert l'hospitalité –, plus il trouvait sa présence à Londres mystérieuse.

« Est-elle seulement mariée ? Sous des dehors trop candides, il s'agit peut-être, tout simplement, d'une aventurière rouée... Bah, si tel est le cas, je m'en apercevrai vite ! »

Robby revêtit son habit de soirée et s'assit avec un livre en attendant huit heures et demie. Quand le coup de la demie sonna, il monta à l'étage du dessus.

Mme Frazer lui ouvrit aussitôt. Vêtue d'une robe en mousseline pastel qui venait certainement de l'une des meilleures boutiques parisiennes, elle paraissait plus jolie que jamais.

« Dieu, qu'elle est belle avec ses magnifiques cheveux noirs et ses yeux d'une rare nuance bleu-violet ! » se dit Robby avec admiration.

Même dans le plus respectable des hôtels, une aussi ravissante jeune femme se serait fait importuner si elle était descendue dîner seule...

La taille bien prise dans son habit sombre de grand faiseur, Robby était lui-même fort séduisant.

Leurs yeux se rencontrèrent, s'accrochèrent... et pendant quelques instants ils furent incapables, tant l'un que l'autre, de prononcer un seul mot.

Mme Frazer prit une profonde inspiration avant de balbutier :

– Vous êtes si... si gentil de m'emmener au restaurant. Je... je ne voudrais à aucun prix vous... vous déranger. Mais j'avoue que, sans vous, je n'aurais pas su de... de quel côté aller pour dîner !

– Ce qui ne me surprend pas ! fit Robby avec un

soupçon de sévérité. Personne n'a peut-être songé à le dire, mais sachez que vous ne devriez jamais vous promener seule dans Londres – surtout le soir.

Elle ne répondit pas.

– C'est la même chose à Paris – comme dans toutes les grandes villes, reprit Robby. Une femme non accompagnée doit être excessivement prudente.

Cette fois, elle lui sourit.

– Si vous saviez comme je suis contente d'être à Londres !

– J'espère que vous ne serez pas déçue par votre séjour. Et maintenant, je vous emmène au restaurant. Comme il se trouve à deux pas d'ici, nous irons à pied – si du moins cela ne vous ennuie pas.

– Pas du tout. Au contraire !

– Avez-vous une cape ?

– J'ai fait ma valise si vite que je n'ai pas pensé à en emporter une... dit Mme Frazer en s'emparant du châle brodé qu'elle avait posé sur le bras d'un fauteuil.

Elle adressa à Robby un timide sourire.

– Si vous êtes assez gentil pour m'inviter une autre fois à dîner, je m'en achèterai une.

« Apparemment, elle n'est pas à court d'argent », pensa le jeune lord de Creswell.

Il avait eu le temps de remarquer que la jeune femme portait un collier de perles fines et un bracelet en diamants. Si les perles et les diamants étaient véritables – et Robby aurait juré que c'était le cas –, ces bijoux devaient valoir une petite fortune !

Il leur suffit de descendre Milton Street, puis Curzon Street, pour arriver à Shepherd's Market (le marché des bergers). Ce quartier était très pittoresque avec ses étals de fleuristes et ses maisons aux toits de tuiles rouges.

Le propriétaire d'un restaurant d'une élégante simplicité accueillit Robby avec chaleur.

– Il y a bien longtemps que vous ne nous avez honorés de votre présence, milord ! Vous recevez tant d'invitations que vous n'avez plus le temps de venir dîner tranquillement ici !

– Eh bien, me voici ! Et j'ai amené une charmante personne qui doit mourir de faim. Moi aussi, d'ailleurs !

– Vous avez de la chance, milord. La table que vous préférez est libre.

– Tant mieux ! Dites-nous vite ce qu'il y a de bon au menu ce soir.

– Je vous apporte tout de suite la carte, milord.

Après avoir commandé le repas, Robby choisit les vins avec soin. Un peu plus tard, tout en faisant honneur aux délicieux filets de sole qu'il avait choisis en entrée, il demanda à son invitée :

– Maintenant, vous allez me parler de vous. Je vous avoue que pas plus M. Hudson que moi-même ne pensions que le comte de Laufé amenait une jolie passagère !

– Le comte a été très aimable de m'accueillir à bord de son bateau. Son yacht est très rapide, beaucoup plus que le nôtre, et...

Elle s'interrompit brusquement.

– Je... je veux dire qu'il est beaucoup plus rapide que le yacht de... de mon mari.

Robby l'examina d'un air pensif avant de déclarer :

– Comment votre famille a-t-elle pu vous laisser partir sans chaperon ? Personne n'a pensé qu'une femme seule risquait d'avoir des ennuis ? Surtout une femme aussi jeune et jolie...

Le compliment fit rougir Mme Frazer.

« Oui, elle est extrêment jeune, pensa Robby. On lui donnerait à peine dix-huit ans... »

Il se pencha vers la jeune femme.

– Si nous devons devenir amis, il ne faut pas que nous ayons de secret l'un pour l'autre.

Mme Frazer le contempla presque avec effroi.

– Je ne peux dire à personne qui je suis ni pourquoi je suis ici ! déclara-t-elle enfin d'une voix tremblante.

– Mais vous ne pouvez pas affronter le monde sans le moindre appui ! Moi, je suis prêt à vous aider et à vous protéger... même si vous avez commis un crime !

– Un crime ! répéta-t-elle, sidérée. Grand Dieu, certainement pas !

– Je ne demande qu'à vous aider et à vous protéger, répéta Robby.

– Vous êtes si gentil ! Je suis étonnée de constater que des inconnus me proposent leur appui avec un tel désintéressement. Déjà, le comte de Laufé a été si bon de me permettre d'embarquer à bord de son yacht pour traverser la Manche...

– Vous ne connaissiez donc pas le comte ?

– Seulement de nom. Et il a eu assez de tact pour ne me poser aucune question.

Robby esquissa un petit sourire ironique.

– Je crains d'avoir moins de tact que lui !

Après une brève pause, il poursuivit :

– Donc, vous lui avez dit que vous étiez veuve et que vous vous appeliez Mme Frazer... J'ai peine à croire qu'il y ait jamais eu un *monsieur Frazer* et qu'il ait été votre mari.

Soudain cramoisie, la jeune femme détourna la tête.

– Pourquoi dites-vous cela ? demanda-t-elle d'une voix à peine audible.

– Parce que vous êtes bien trop jeune pour être

veuve ! Et trop belle pour qu'un homme – à moins qu'il ne soit aveugle – ait pu vous laisser fuir.

– Parce que vous... vous pensez que je me suis enfuie ?

– J'en suis persuadé. Si vous aviez vraiment un mari, il serait déjà à vos trousses ! Il aurait pris le premier bateau en partance pour tenter de vous retrouver.

Seul le silence lui répondit... Robby, qui ne voyait plus que le délicat profil de la prétendue Mme Frazer, se sentit soudain étrangement ému.

« Elle est adorable ! Jamais un homme n'aurait pu la laisser partir ! Jamais... »

Elle leva enfin les yeux vers lui d'un air timide.

– Je... je ne sais que dire...

– Dites-moi la vérité, tout simplement. Je vous répète que je suis prêt à vous aider et à vous protéger. En toute franchise, vous en avez besoin !

Elle soupira profondément.

– Je... je voudrais tant pouvoir vous faire confiance ! Mais si je vous fais part des raisons qui m'ont amenée ici, j'ai peur que vous ne m'obligiez à retourner en France.

– Je n'ai pas à vous donner d'ordres. Tout ce que je vous demande, c'est de me parler comme à un ami. Cela me permettra peut-être de vous empêcher d'avoir plus d'ennuis que vous n'en avez déjà.

Elle laissa de nouveau échapper un profond soupir.

– Quel est votre vrai nom ? reprit Robby. Je n'ai pas envie de continuer à vous appeler Mme Frazer... D'autant plus qu'il s'agit probablement d'une usurpation d'identité !

Elle laissa échapper un petit rire nerveux.

– Je m'appelle Joséphine.

Robby n'en demanda pas davantage.

– Ce prénom vous va très bien ! Maintenant, Joséphine, dites-moi pourquoi vous avez dû vous enfuir.

– Vous êtes sûr que... que je me suis enfuie ?

– Tout à fait.

Elle baissa la tête d'un air penaud.

– Oui, j'ai dû partir de chez moi, avoua-t-elle enfin. Sinon j'aurais été obligée d'épouser un homme que je déteste, un homme que je trouve... horrible ! En France, vous le savez peut-être, les mariages sont souvent arrangés, reprit la jeune fille.

« Dans l'aristocratie, tout au moins », pensa Robby.

– Mes parents avaient décidé que je deviendrais sa femme, reprit-elle. Alors... alors je n'ai pas trouvé d'autre solution que celle de prendre la fuite !

– Si vous détestiez l'homme qu'ils avaient choisi à votre intention, vous avez bien fait, déclara Robby avec toute sa force de conviction.

Joséphine joignit les mains.

– C'est merveilleux, vous comprenez tout !

– Mais pourquoi vos parents faisaient-ils preuve d'une telle autorité ? Pour quelle raison voulaient-ils que vous épousiez quelqu'un qui vous déplaisait autant ?

– Oh, ils m'auraient certainement traînée de force jusqu'à l'autel !

Un petit sourire éclaira son ravissant visage.

– J'ai évité le pire ! L'autre soir, à table, j'avais entendu dire que le comte de Laufé devait se rendre à Londres à bord de son yacht qui se trouvait dans le port d'Ostende. Ma décision a été aussitôt prise. J'ai attendu que tout le monde se soit endormi, puis j'ai jeté deux ou trois vêtements dans une valise... et je suis partie !

– Comment êtes-vous arrivée à Ostende ?

– J'ai loué une voiture et deux bons chevaux. J'ai

voyagé toute la nuit et suis arrivée dans la matinée sur les quais d'Ostende où je n'ai eu aucun mal à trouver le *Neptune*. Un steward m'a appris que le comte se trouvait à bord mais qu'il dormait encore. « Qu'à cela ne tienne, lui ai-je répondu. Je vais l'attendre ! » Je me suis donc installée dans la salle à manger...

– Où le comte vous a trouvée en venant prendre son petit déjeuner, termina Robby dans un éclat de rire. Vous n'avez peur de rien, Joséphine !

– Nécessité fait loi.

– Cela a dû le surprendre de vous trouver à bord.

– Je savais qu'il détestait embarquer des passagers. Mais j'ai si bien su plaider ma cause qu'il a accepté de me transporter jusqu'à Londres... et voilà !

Robby hocha la tête.

– Voilà... répéta-t-il. Et maintenant, quelles sont vos intentions ?

La jeune fille ouvrit les mains dans un geste fataliste.

– Je suppose qu'il me faudra retourner chez moi dans quelques semaines. Mais à ce moment-là, l'horrible individu qui a eu le front de demander ma main sera parti, aussi furieux que dépité, en jurant qu'il ne veut plus jamais entendre parler de moi... Et j'espère que mes parents auront enfin compris que, le jour où je me marierai, ce sera par amour.

– Mais s'ils refusent de comprendre cela ?

Joséphine haussa les épaules.

– Bah ! Dans ce cas je resterai avec vous, que cela vous plaise ou non, dit-elle en plaisantant.

Robby sourit.

– Il faut que vous profitiez au maximum de votre folle escapade. Je vais vous faire visiter Londres, ainsi vous aurez un bon souvenir de votre voyage quand vous rentrerez chez vous.

– J'aimerais tant voir les musées, la Tour de Londres, Buckingham Palace... et le zoo, bien sûr !

– Nous aurons de quoi nous occuper pendant au moins une semaine ! Et...

Robby s'interrompit brusquement. Il venait de se rappeler que, vendredi après-midi, le prince de Galles et ses amis prendraient le chemin du château de Creswell.

« Et je n'ai pas encore donné à Francis Knollys le nom de la femme que j'amènerai avec moi là-bas... »

Il n'avait pas eu le temps de penser à ce détail, tant il avait été accablé par d'autres soucis. Comment préparer le château à temps pour recevoir cet illustre hôte ? Et – surtout ! –, où trouver l'argent pour payer les frais ?

Chacun de ses invités viendrait avec une jolie femme. Pourquoi n'amènerait-il pas Joséphine ?

« Cela lui ferait certainement plaisir de voir le château et les tableaux... Wenda aura sûrement accompli des miracles et, avec un peu de chance, Creswell aura retrouvé sa splendeur d'antan... Je pourrai en être fier ! »

Il décida cependant d'attendre un peu avant de parler de ce projet à Joséphine.

Pendant le dîner, ils décidèrent de visiter le lendemain matin le zoo et la Tour de Londres.

Prise d'un soudain scrupule, la jeune fille déclara :

– Je ne veux pas vous empêcher de vous consacrer à vos obligations. Vous devez en avoir de nombreuses ! Ne vous sentez pas obligé de vous occuper de moi...

– Mais j'en suis ravi ! J'aime l'inattendu et votre arrivée inopinée dans ma vie m'enchante. J'avoue cependant que je crains de m'apercevoir demain matin que vous avez disparu... Vous êtes si imprévisible que vous pouvez très bien décider au cours de la nuit de retourner en France.

– Cela ne risque pas d'arriver ! J'ai eu beaucoup de chance de trouver un homme aussi gentil que vous.

– Je suis sûr que beaucoup d'autres n'auraient demandé qu'à s'occuper de vous ! fit Robby d'un ton sarcastique.

– Ne soyez pas cynique.

– Je ne suis pas cynique, mais réaliste.

– Il ne faut pas me prendre pour une petite sotte ! Je sens que je peux avoir une totale confiance en vous. Je me serais méfiée des autres...

Robby se sentit soudain très attendri.

« Ce n'est encore qu'une enfant ! pensa-t-il. Il faut que je fasse très attention pour ne pas l'effrayer... »

Même s'il avait envie de lui poser des questions, il n'en fit rien. Pourtant il aurait aimé en savoir davantage sur sa famille et l'homme qu'elle fuyait.

« J'aurais tort de faire preuve de trop de curiosité. Mieux vaut attendre qu'elle aborde ce sujet d'elle-même. »

Ils revinrent à pied et furent accueillis par un portier à moitié endormi. Robby conduisit la jeune fille jusqu'à l'appartement du deuxième étage.

– Quelle bonne soirée, lui dit-elle. Merci encore pour toute votre gentillesse !

– Je vous en prie, murmura Robby en la contemplant avec admiration.

S'il s'était écouté, il l'aurait prise dans ses bras et l'aurait embrassée...

« Ce serait la meilleure façon de lui faire peur ! Après cela, il est certain que je ne la retrouverais pas demain ! Et Dieu seul sait les dangers qu'elle pourrait alors courir dans la grande ville... »

Il lui prit la main et l'effleura de ses lèvres.

– Bonne nuit, Joséphine. Dormez bien...

– Pourrons-nous prendre notre petit déjeuner ensemble, s'il vous plaît ?

– Oui, bien sûr. Je vais m'arranger avec le portier pour qu'il monte deux petits déjeuners à neuf heures. Mais auparavant, faites-moi une promesse...

– Laquelle ?

– Ne partez pas pendant la nuit. J'ai si peur que tout cela ne soit qu'un rêve... Je serais tellement déçu de découvrir l'appartement vide !

Elle éclata d'un rire cristallin.

– Oh, non, ce n'est pas un rêve ! Je serai là encore demain... Mais si *vous* n'êtes pas là à neuf heures, c'est moi qui m'inquiéterai !

– Il n'y a aucune raison pour cela, Joséphine. A demain !

La porte se referma et, quelques instants plus tard, il entendit une clé tourner dans la serrure.

« Voilà qui est très sage ! » pensa-t-il en regagnant l'appartement de son ami.

Tout en se préparant pour la nuit, il se dit qu'il aimerait en savoir un peu plus sur la jolie jeune fille dont il ne connaissait encore que le prénom.

« Jamais une femme ne m'a intrigué à ce point ! »

4

La remise en état du château de Creswell s'effectuait à une telle allure que Wenda n'en revenait pas...

Sous les ordres de Banks et de Mme Stevenson, une armée de valets et de femmes de chambre traquait la poussière et les toiles d'araignées, astiquait l'argenterie, nettoyait les vitres, cirait les parquets en chêne, secouait les tapis...

Le majordome et la gouvernante étaient enchantés de voir le château revivre.

– Cela faisait si longtemps qu'il n'y avait pas eu de grande réception ici ! ne cessait de répéter Banks.

Respectant à la lettre les instructions de son frère, Wenda s'était bien gardée de dire *qui* était attendu.

Après avoir passé des mois de solitude au château, la jeune fille était ravie de voir une telle animation y régner.

« Tout ce que j'espère, c'est d'avoir assez d'argent pour payer les braves gens qui travaillent du matin au soir sans ménager leur peine ! »

A vrai dire, les villageois étaient ravis d'être employés au château, où la plupart n'avaient encore jamais eu l'occasion de pénétrer.

Au bout de trois jours, Wenda reconnaissait à peine la demeure où elle était née.

« Comme les pièces de réception deviennent belles ! Tout brille... »

Même le parc retrouvait sa belle ordonnance d'autrefois. Des jardiniers élaguaient les arbres, taillaient les buissons, refaisaient les massifs...

Jugeant que ce travail la dépassait, Wenda avait engagé un spécialiste pour nettoyer les tableaux. Elle s'était réservé la confection des bouquets qui orneraient les pièces de réception et les chambres.

« Je ne comprends pas pourquoi Robby a tenu à ce que tous ses invités soient au même étage... Mais puisque c'est ce qu'il veut ! »

Elle trouvait également bizarre que son frère lui ait demandé de placer sur les portes des petits cartons portant le nom de chacun.

« Il s'agit peut-être d'une nouvelle coutume ? L'ennui, c'est que Robby ne m'a pas encore communiqué l'identité de ses invités. Par conséquent, je ne peux pas calligraphier ces bristols en belle ronde comme j'en avais eu l'intention ! »

Mais le lendemain, elle reçut une lettre de son frère avec la liste des invités. Étant donné que la présence du prince de Galles à Creswell devait demeurer secrète, il y figurait simplement sous trois « x ».

« Je vois que Robby n'oublie aucun détail ! » se dit Wenda avec amusement.

Comme il le lui avait promis, lord de Creswell avait emmené Joséphine visiter Londres.

S'il avait refusé toutes les invitations pour rester en compagnie de la jeune fille, il avait été obligé d'accompagner le prince de Galles aux courses comme prévu.

– Je suis désolé, Joséphine, mais cet après-midi, exceptionnellement, je ne pourrai pas être avec vous, lui avait-il dit. Je suis désolé de vous laisser seule...

– Oh, ne vous inquiétez pas pour moi ! Il y a suffisamment de livres dans votre appartement pour m'occuper pendant des semaines ! Et puis j'ai l'intention de faire des achats, j'ai besoin de quelques vêtements. Où me conseillez-vous d'aller pour cela ?

– A Bond Street, évidemment ! Et si vous le voulez bien, nous dînerons ensemble ce soir.

– Avec plaisir.

Ils avaient seulement eu le temps de visiter le zoo dans la matinée. Mais le lendemain, Robby emmena la jeune fille voir la Tour de Londres et le musée de cire de Mme Tussaud.

– Comme tout cela est intéressant ! s'exclama Joséphine avec enthousiasme.

Soudain confuse, elle murmura :

– J'espère que vous ne vous êtes pas trop ennuyé en me faisant visiter des endroits que vous avez dû voir cent fois et que vous devez connaître par cœur...

– Cela m'a passionné autant que vous. Songez un peu... Je n'avais pas eu l'occasion d'aller à la Tour de Londres depuis que j'étais enfant !

– Quel dommage !

– Je vous l'accorde.

– Vous êtes sûr que vous ne vous êtes pas ennuyé ? insista la jeune fille.

Il lui prit les mains.

– Joséphine ! Comment pourrais m'ennuyer quand je suis avec vous ?

Elle rougit légèrement avant de se dégager en baissant les yeux.

Lord de Creswell se sentait de plus en plus attiré par

la ravissante personne que le hasard lui avait fait connaître.

« Je n'ai jamais rencontré une femme aussi intelligente, aussi cultivée – ni aussi belle ! »

Et au contraire de la plupart des élégantes de Mayfair, la jeune fille n'avait encore jamais tenté de flirter avec lui, ce qu'il trouvait fort reposant.

Cela l'avait toujours agacé de voir les femmes lui faire des avances. Elles n'y mettaient guère de discrétion... Robby lisait l'invite sur leurs lèvres ou dans leurs yeux. Et il savait que, lorsqu'elles lui touchaient la main, ce n'était pas par inadvertance...

Mais en dépit de ses réserves, il avait souvent profité de leurs faiblesses. Lorsqu'une jolie femme mariée lui faisait comprendre qu'elle le recevrait volontiers pendant l'absence de son mari, pourquoi aurait-il refusé de lui rendre visite ?

D'autant plus qu'il préférait les femmes expérimentées aux débutantes à peine sorties de pension !

« Elles ne songent qu'à trouver un mari. Et comment pourrais-je songer sérieusement à demander l'une d'entre elles en mariage quand je n'ai pas un sou vaillant ? Qu'ai-je à proposer ? Rien, sinon ma bonne mine et mon titre ! »

Joséphine ne ressemblait en rien aux femmes en quête d'aventure, pas plus qu'aux petites oies blanches qui faisaient leur entrée dans le monde. Et parce qu'elle était différente, Robby se conduisait avec elle d'une manière différente.

Laissant Joséphine se préparer pour aller dîner, lord de Creswell était allé trouver Francis Knollys.

– Ah, vous voilà enfin, milord ! s'exclama l'homme de confiance du prince de Galles. Je commençais à me demander ce qui vous était arrivé. Hier, Son Altesse espérait vous voir à la soirée organisée par la duchesse de Brought.

– J'ai envoyé une lettre d'excuses à la duchesse... Et Son Altesse savait que je m'étais rendu à la campagne. Il faut bien que j'organise le week-end !

Francis Knollys éclata de rire.

– C'est toujours la même chose ! Son Altesse annonce sa visite presque du jour au lendemain, sans se rendre compte du travail que cela demande de préparer une maison pour une semblable réception !

« Dans mon cas, c'est bien vrai ! » pensa Robby.

A voix haute, il demanda :

– Je suis venu vous demander la liste des invités. Il faut que ma... euh, mon secrétaire puisse inscrire les noms sur les cartons que nous placerons aux portes des chambres.

– La liste est prête, la voici.

M. Knollys la consulta en fronçant les sourcils.

– A propos, je ne sais toujours pas qui vous avez choisi d'inviter, milord !

– A vrai dire, je n'ai pas encore pris de décision. Dites à Son Altesse que je lui réserve peut-être une surprise...

– Quelle bonne idée ! Son Altesse adore les surprises !

– Eh bien, laissez planer le mystère pour le moment.

– Puis-je me permettre une suggestion, milord ?

– Mais naturellement.

– Ce serait une bonne chose que vous ameniez quelqu'un de nouveau.

Lord de Creswell haussa les sourcils.

– Pourquoi donc ?

– J'ai noté que Son Altesse et ses amis ont convié les... les personnes qui ont l'habitude de les accompagner. Cela risque de manquer de sel... Malgré tout, je suis persuadé que votre réception sera un grand succès, milord.

– Je l'espère.

– Il paraît que vous possédez un magnifique château et une collection de tableaux exceptionnelle.

– C'est vrai, fit Robby sans fausse modestie.

En consultant la liste de noms que son frère lui avait envoyée, Wenda s'aperçut qu'ils allaient recevoir à Creswell l'élite de la société.

« Ces gens-là sont habitués à tout ce qu'il y a de mieux... Pourvu qu'ils ne critiquent pas trop le château ! Je fais mon possible, certes, et les résultats sont encourageants. Mais ce n'est pas suffisant. Je me rends compte qu'avec du temps et de l'argent on pourrait réaliser des merveilles ! »

Ses parents organisaient souvent de grandes réceptions, autrefois. Jamais cependant ils n'avaient reçu une Altesse Royale et ses amis titrés pendant tout un week-end.

« Quand je pense qu'ils arriveront vendredi pour le thé et ne repartiront pas avant dimanche après-midi ! »

Cela faisait de nombreux repas à préparer ! Wenda avait déjà étudié les menus avec Mme Banks. Comme son frère lui avait dit que le prince de Galles appréciait la cuisine d'outre-Manche, elle avait insisté pour choisir surtout des recettes françaises.

Malgré tout, elle demeurait anxieuse.

« Moi, je trouve ces recettes excellentes. Malheureusement je ne peux pas établir de comparaison, puisque je ne suis jamais allée en France. Le prince et ses amis, qui sont tous de grands voyageurs, risquent de ne pas trouver les plats de Mme Banks à la hauteur de ceux qu'ils ont pu déguster à Paris ! »

Elle laissa échapper un petit soupir.

« Et si le prince de Galles est déçu par son séjour à Creswell, il risque d'inviter moins souvent Robby à Marlborough House ! »

La jeune fille se mit ensuite en devoir d'écrire au dos des cartes de visite de sa mère le nom de tous ceux qui seraient là ce week-end.

« Quelle étrange idée ! » se redit-elle au moins pour la dixième fois.

Robby avait joint à la liste un petit plan du premier étage en indiquant les chambres qu'il fallait attribuer aux uns et aux autres.

Tout en calligraphiant soigneusement les noms, la jeune fille se dit qu'elle n'allait certainement pas fixer un bristol au nom de Wenda de Creswell sur sa propre porte !

Elle avait été à plusieurs reprises tentée de dire aux Banks qui serait leur hôte de marque pendant le week-end. Mais n'avait-elle pas promis le secret à Robby ?

– Si les journalistes apprenaient que le prince de Galles doit venir au château, ils chercheraient tout de suite à en savoir plus ! lui avait dit son frère.

– Tu sais, les domestiques le reconnaîtront sûrement.

– Le plus tard possible, j'espère ! Car les nouvelles – surtout des nouvelles pareilles – vont très vite !

Après être allée épingler les cartes sur les portes des chambres, Wenda s'accouda à une fenêtre.

« Comme le parc est devenu beau ! » pensa-t-elle avec émotion.

Donson, qui était bricoleur à ses heures, avait même réussi à réparer la vieille fontaine qui se trouvait au milieu de la pelouse.

« Je suis bien contente que Donson travaille désormais au château comme jardinier ! se dit la jeune fille. Au fond, M. Hardy a bien fait de le renvoyer ! J'espère pouvoir le garder très longtemps, même si je dois pour cela vendre deux ou trois bijoux... »

La jeune fille s'efforçait de ne pas penser aux deux tableaux qui manquaient dans les galeries du rez-de-chaussée. Grâce au ciel, il en restait suffisamment pour que leur absence passe inaperçue !

« Le prince de Galles et ses amis ne s'apercevront de rien. Mais si les experts arrivaient à l'improviste et se rendaient compte de ce que Robby a fait, ce serait dramatique ! »

Lord de Creswell pensait lui aussi aux tableaux qu'il avait confiés au comte de Laufé.

« Hudson a paru très optimiste. Avec un peu de chance, je toucherai plus d'argent que prévu – ce qui m'arrangerait joliment ! »

Il avait de nouveau emmené Joséphine dîner au restaurant. Et cette fois, il avait commandé du champagne...

Lorsqu'on lui avait apporté l'addition, il avait eu presque un haut-le-corps.

« C'est beaucoup plus que ce que je paie d'habitude... Il faut dire que nous sommes deux et je demande ce qu'il y a de meilleur – et de plus cher ! Mais que ne ferais-je pas pour Joséphine ! »

Robby ne se le cachait plus. Il était amoureux de la ravissante fugueuse... Quand elle lui adressait l'un de ses timides sourires, il avait l'impression que son cœur bondissait dans sa poitrine.

Plusieurs fois, il avait cru aimer. Il comprenait maintenant que ce qu'il avait pris pour de l'amour n'en était qu'un pâle reflet. Ce qu'il ressentait pour Joséphine ne ressemblait en rien aux sentiments qu'il lui était arrivé d'éprouver pour une jolie femme mariée peu farouche...

« Lui demander de m'épouser ? Alors que je n'ai pas de fortune ? Je n'ose même pas y songer... Et ce n'est pas la vente de deux malheureux tableaux qui me permettra de lui offrir une existence de rêve... »

Robby serra les dents.

« Eh bien, s'il me faut vendre tous les tableaux du château... je n'hésiterai pas ! Je suis prêt à tout pour que Joséphine devienne ma femme et soit heureuse. Je l'aime ! Je l'aimerai toute ma vie. »

Il s'était enfin décidé à inviter la jeune fille à passer le week-end à Creswell.

– Dans ce cas, il faudra que je retourne à Bond Street m'acheter quelques robes, avait-elle dit. Aurez-vous beaucoup d'invités ?

– Nous serons une douzaine.

– Ce sera élégant ou simple ?

– Élégant. Mes hôtes font partie de la meilleure société britannique.

– Vous avez beaucoup de chance d'avoir une maison à la campagne.

– Ma foi, oui...

Jugeant le moment venu de faire comprendre à Joséphine qu'il ne possédait aucune fortune, il enchaîna :

– Malheureusement je ne peux pas entretenir cette demeure comme il conviendrait, faute d'argent.

La jeune fille ne parut pas étonnée.

– Je savais que vous n'étiez pas bien riche. Si vous l'étiez, vous auriez un appartement beaucoup plus vaste à Londres.

– C'est certain !

– En même temps, vous pouvez vous estimer heureux de posséder un petit domaine.

Pour ne pas se montrer trop vaniteux, Robby avait évité d'expliquer qu'il habitait un château et que le domaine de Creswell était en réalité l'un des plus vastes du royaume.

– J'ai pu remarquer, lorsque nous visitions les musées, que non seulement vous aimiez, mais aussi que vous connaissiez la peinture, déclara-t-il.

– C'est exact.

– J'espère que vous apprécierez les tableaux que j'ai à Creswell.

Il pinça les lèvres.

– Ils figurent tous sur l'inventaire, ce qui signifie que je n'ai pas le droit de les vendre. Ce patrimoine doit être transmis intact à mon fils – si du moins j'ai un jour des enfants.

Joséphine hocha la tête.

– J'ai entendu parler de cette loi britannique. Sans elle, je suis sûre que beaucoup de domaines n'existeraient plus à l'heure actuelle.

– Probablement. D'un côté, cette loi est une bonne chose mais de l'autre elle représente un terrible handicap.

– Pourquoi donc ?

– Tout simplement parce que certains propriétaires ruinés meurent de faim à côté de trésors !

– Je n'avais pas pensé à cela !

Elle le regarda d'un air pensif. Un peu mal à l'aise, Robby se demanda si elle avait deviné dans quelles difficultés il se débattait...

« Elle a tant de subtilité et elle est tellement perspicace que cela ne m'étonnerait pas ! »

Il soupira.

– Ma demeure, comme je vous l'ai dit, n'est pas

entretenue comme elle le mériterait. Mais j'ai donné des ordres pour qu'on la rende... présentable pour le week-end.

Après un long silence, Joséphine déclara :

– Étant donné que vous allez recevoir vos amis, il serait peut-être préférable que j'attende votre retour à Londres ?

Lord de Creswell se sentit glacé.

– Est-ce vraiment ce que vous désirez ?

La jeune fille le rassura tout de suite.

– Oh, non ! Je voudrais beaucoup voir votre maison. Mais comme vous allez devoir vous consacrer à vos hôtes, vous serez certainement plus à l'aise sans moi.

Robby imagina Joséphine dans les galeries de tableaux du château.

« Sa beauté éclipsera celle de toutes les madones et de toutes les déesses peintes par les plus grands maîtres ! »

La jeune fille se méprit sur son silence.

– Mais oui, Robby ! Je peux très bien rester ici si vous le souhaitez.

– Je n'ai pas de plus cher désir que celui de vous montrer Creswell. Et d'autre part, je serais très inquiet en vous sachant livrée à vous-même à Londres !

Le délicat visage de Joséphine se tendit.

– Vous aviez raison quand vous disiez que je n'aurais jamais dû venir ici toute seule. Je m'en aperçois maintenant !

Elle marqua une pause avant d'ajouter avec une certaine appréhension :

– Cependant je me rends compte que je ne peux pas m'imposer à vous éternellement.

Leurs regards se rencontrèrent et pendant quelques minutes il régna dans la pièce un silence lourd, presque tangible.

« Je l'aime. Je l'aime à la folie et je voudrais tant qu'elle devienne ma femme ! se dit Robby. Mais qu'ai-je à lui offrir ? Rien, hélas ! A moins que je ne vende l'un après l'autre tous les tableaux que contient le château... »

– Je ne sais pas à quoi vous pensez, mais je vous trouve bien soucieux, murmura la jeune fille.

– Il est vrai que j'ai quelques préoccupations...

– A quel sujet ?

– Au vôtre.

Les extraordinaires yeux bleu-violet de Joséphine s'agrandirent démesurément.

– Vous vous faites du souci pour moi ? Est-ce possible ?

Robby s'efforça de lui sourire.

– Ne pensons pas à cela pour le moment. Il sera bien temps d'en parler après le week-end.

– Vous avez toujours envie que je vous accompagne à Creswell ?

– Plus que jamais ! J'ai besoin de vous, de votre présence...

D'un air boudeur, il déclara :

– D'ailleurs, si vous refusez de venir, je resterai à Londres avec vous et je laisserai mes amis se débrouiller seuls à la campagne.

Joséphine éclata de rire.

– Mais c'est du chantage !

– Appelez cela comme vous voulez.

– Vos amis ne seraient pas très contents si leur hôte leur faussait compagnie !

– Probablement pas...

Lord de Creswell jugea inutile d'expliquer que le prince de Galles s'était en fait invité au château !

« Si Joséphine pouvait deviner l'identité de mon illustre hôte, elle serait très impressionnée ! »

Il adressa un sourire à la jeune fille.

– Vous ne regretterez pas votre week-end, j'en suis persuadé. Et dimanche, après le départ des invités, nous essaierons de trouver une solution pour votre avenir...

Joséphine ne répondit pas. Elle demeurait toujours très évasive. En dépit des questions réitérées de Robby, elle ne lui avait pas encore révélé sa véritable identité et il ne savait pas non plus qui était l'homme qu'elle avait fui.

« Pour moi, elle n'est qu'un prénom ! » se dit-il avec une certaine amertume.

La jeune fille avait ôté l'alliance qu'elle portait à son arrivée à Londres.

« Il faudra que je lui demande de la remettre », pensa Robby. Dès le début, Son Altesse a en effet établi les règles de ces week-ends mystères : seules des femmes mariées peuvent y être conviées.

Le prince de Galles se méfiait des jeunes filles, qu'il prenait toutes pour des oies blanches et d'incorrigibles bavardes.

– Je vais avoir mille choses à vérifier avant l'arrivée de mes invités, dit Robby. Par conséquent j'aimerais que nous partions de bonne heure vendredi. Pourriez-vous être prête à dix heures ?

– Naturellement ! En prévision de ce week-end, je ferais bien d'aller m'acheter quelques toilettes de plus !

« Comment pouvez-vous donc vous permettre de telles dépenses ? » eut envie de demander lord de Creswell.

Il accompagna la jeune fille à Bond Street et l'attendit dans la voiture pendant qu'elle faisait ses achats. Cela prit un certain temps mais Robby ne s'ennuya pas une seconde.

« Comme je l'aime, pensa-t-il avec émotion. C'est elle

la femme de ma vie, celle qui m'a été destinée de toute éternité. Et si par malheur je ne devais plus jamais la voir, je mourrais de chagrin ! »

Enfin, Joséphine réapparut, suivie par deux vendeuses chargées de cartons.

– Mais vous avez acheté toute la boutique ! s'exclama Robby en riant.

– Seulement deux ou trois robes !

Elle ne précisa pas qu'elle s'était également offert quelques sous-vêtements et des jupons en soie arachnéenne.

– Il faut bien que je fasse honneur à vos amis ! ajouta-t-elle d'un ton léger. N'avez-vous pas envie qu'ils me trouvent jolie ?

– Même vêtue de haillons, vous seriez toujours ravissante, Joséphine !

Lord de Creswell continuait à se demander comment la jeune fille pouvait se permettre d'acheter ce qui lui plaisait dans la boutique la plus chère de tout Bond Street.

« Elle a dû emporter beaucoup d'argent en s'enfuyant ! » se dit-il.

Mais lui qui était habitué à vivre en comptant chaque *penny* s'inquiétait pour le budget de Joséphine.

« Il serait bien dommage qu'elle gaspille tout ce qu'elle possède en fanfreluches ! »

Ce soir-là, il emmena dîner la jeune fille dans un restaurant où il était souvent allé avec ses conquêtes féminines. Oubliant les principes d'économie qui avaient jusqu'à présent guidé son existence, il commanda les meilleurs plats et les meilleurs vins.

Tout en faisant honneur au repas, Joséphine parlait avec simplicité d'art, de littérature ou même de politique. Elle était très cultivée et il n'y avait aucune prétention dans ce qu'elle disait.

« Mais elle évite toujours de parler d'elle ! » pensa Robby, quelque peu vexé.

Chaque fois qu'il tentait de lui poser des questions un peu personnelles, elle les esquivait avec adresse.

« Après le week-end, il faudra bien qu'elle me dise enfin *qui* elle est ! Nous ne pouvons pas continuer ainsi pendant des semaines et des mois ! »

En même temps, il avait peur de l'effrayer. Elle s'était déjà enfuie une fois et, si elle prenait peur, elle était capable de disparaître une seconde fois...

« Et comme je ne connais pas sa véritable identité, j'aurai beau parcourir la France du nord au sud et de l'est à l'ouest, jamais je ne la retrouverai ! »

– Robby, vous avez de nouveau l'air soucieux ! s'exclama Joséphine.

– Excusez-moi.

Il s'éclaircit la gorge.

– J'avoue que je m'inquiète beaucoup au sujet de votre avenir.

– Le présent me suffit. Je suis si heureuse en ce moment avec vous !

Les yeux de la jeune fille étincelaient dans son visage rosi et lord de Creswell se dit qu'il n'avait jamais, jusqu'à présent, eu la chance de dîner avec une aussi charmante femme.

– Après le week-end, qu'aimeriez-vous faire ? lui demanda-t-il. Rester à la campagne ou bien revenir à Londres ?

Au lieu de répondre à sa question, elle lança :

– A quoi bon penser à l'avenir ? N'est-ce pas agréable de vivre au jour le jour ?

De nouveau, elle se dérobait...

– Je dois vous remercier de m'avoir emmenée dans ce restaurant, déclara-t-elle, changeant délibérément de sujet. Ce homard à l'américaine est délicieux !

– En effet.

Avec obstination, Robby en revint au thème qui l'intéressait.

– J'ai hâte de vous montrer Creswell ! Mais, après cela, je me demande où je pourrais bien vous emmener lundi...

Joséphine soupira.

– Attendons d'être à lundi pour prendre des décisions ! fit-elle d'une voix soudain altérée.

Elle le regardait d'un air tellement implorant qu'il n'eut pas le courage d'insister davantage.

– Très bien ! Vivons au jour le jour puisque c'est ce que vous souhaitez... Et tâchons d'oublier toutes nos difficultés jusqu'à lundi !

– Enfin, vous devenez sage ! fit-elle en riant. Savez-vous ce que nous allons faire ? Nous allons profiter au maximum de ce week-end sans penser au lendemain.

« Peut-être est-ce plus sage, en effet ! » se dit Robby.

D'autant plus qu'au cours des jours à venir il devrait se consacrer uniquement à ses invités de marque – ce qui ne serait pas une mince affaire !

Le moment n'était pas des mieux choisis pour prendre des décisions qui allaient l'engager pour une vie entière.

Il s'était souvent dit qu'il ne pourrait jamais se marier – à moins de trouver le moyen de faire fortune. Il savait que son séjour à Londres ne pouvait être qu'une parenthèse dans son existence, pour la bonne raison que, sans argent, il était incapable de suivre le train de vie que menaient ses riches amis. Le jour viendrait bientôt où il devrait faire ses adieux à la grande ville pour aller se retirer à la campagne.

« Et y vivoter tant bien que mal... »

En réalité, il était préparé à ce destin. Mais une jeune

femme dont il ne savait rien avait fait irruption dans son existence... et tout avait changé.

Maintenant, il rêvait de se marier, de fonder une famille... et de vivre à Creswell comme un *gentleman-farmer*.

« En fin de compte, je ne demande rien d'extraordinaire ! Je désire seulement vivre jusqu'à la fin de mes jours avec la femme que j'aime ! »

Ce qu'il considérait comme extrêmement important quelques jours auparavant encore – les sorties, les fêtes, les hautes relations –, tout cela le laissait désormais indifférent.

Un peu plus tard, dans le fiacre qui les ramenait à Milton Street, Robby demeurait silencieux. Les yeux à demi-clos, il s'imprégnait de la présence de Joséphine à ses côtés...

« Son léger parfum de lavande me rend fou ! »

Une fois arrivé, il régla le cocher du fiacre, dit bonsoir au portier et accompagna Joséphine jusqu'au deuxième étage.

La porte donnant sur la chambre était restée ouverte. La jeune fille avait laissé une lampe allumée près du lit et la pièce était baignée d'une douce lumière dorée.

– Quelle merveilleuse soirée ! dit Joséphine. Je crois bien ne jamais avoir été aussi heureuse de ma vie.

– Est-ce vrai ?

Cette question parut la choquer.

– Naturellement ! Vous n'avez donc pas deviné que je suis heureuse lorsque je suis avec vous ?

Robby n'eut pas le courage de résister davantage. Très doucement, il prit la jeune fille dans ses bras.

– Je vous aime, Joséphine, avoua-t-il avec émotion. Je vous aime de tout mon cœur et de toute mon âme...

Il la sentit frémir contre lui. Alors il se pencha et lui effleura les lèvres d'un très léger baiser.

Instinctivement, il devina que c'était la première fois qu'on l'embrassait... Alors un trouble infini l'envahit.

– Je vous aime, répéta-t-il.

Il n'osait pas l'embrasser plus passionnément, de crainte de l'effrayer et de la perdre. Ce fut au prix d'un visible effort qu'il laissa retomber ses bras.

– Dormez bien, dit-il en se dirigeant vers la porte. Et n'oubliez pas que je vous aime !

5

Le vendredi matin, Robby et Joséphine partirent à la campagne dans l'élégante chaise de poste que le loueur de voitures confiait parfois à ses meilleurs clients.

– Vous aurez deux excellents chevaux que je viens d'acheter, milord. De jeunes anglo-arabes solides et rapides !

– Ni cocher, ni valet !

– Cela va sans dire, milord. Je sais que vous me ramènerez mon attelage en parfait état.

– N'ayez crainte, vos chevaux seront bien soignés à Creswell.

– J'en suis sûr, milord.

Joséphine portait une robe d'été en mousseline jaune pâle d'une simplicité exquise.

« Elle a dû l'acheter hier, pensa Robby. Tout comme ce ravissant chapeau de paille qui coiffe ses boucles brunes. »

Il avait prévu de s'arrêter en cours de route pour déjeuner dans une auberge confortable située à une dizaine de kilomètres du château.

« Mieux vaut ne pas déranger Wenda trop tôt. Elle a assez à faire comme cela ! »

Il avait maintenu les chevaux au trot jusqu'à ce qu'ils soient sortis de la ville. Dès que la circulation se fit moins dense, il les mit au petit galop.

– Je vois que vous savez mener un attelage ! remarqua Joséphine.

– J'ai toujours été passionné par les chevaux. Et vous ? Savez-vous monter à cheval ?

– Mais oui. En France, j'ai deux juments à moi : Phébée et Laïs.

– Votre père a-t-il beaucoup de chevaux ?

Joséphine ne répondit pas... Après quelques instants, il demanda :

– Quel âge aviez-vous quand vous êtes montée pour la première fois ?

De nouveau, elle évitait de répondre aux questions et détournait la conversation ! Agacé par son attitude, Robby s'apprêta à insister. Puis il se dit que ce serait dommage de gâcher une aussi belle journée.

– A quel âge suis-je montée à cheval pour la première fois ? murmura-t-elle. Voyons, il me semble bien avoir eu mon premier poney à cinq ans.

– Moi aussi !

Robby mourait d'envie de lui poser d'autres questions, mais il réussit à se taire, car il devinait qu'elle se déroberait encore.

Il se concentra donc sur la conduite de ses chevaux, s'efforçant de leur faire donner le meilleur d'eux-mêmes.

– Oui, vous savez mener un attelage ! répéta la jeune fille avec une réelle admiration.

Ils arrivèrent à l'auberge un peu avant une heure de l'après-midi. Tout en guidant adroitement les chevaux dans la cour pavée, Robby dit à sa passagère :

– Nous allons déjeuner ici. Ils ont tant à faire à la maison pour préparer l'arrivée de mes invités que je ne veux pas les déranger en leur imposant de nous servir un repas de plus !

– Vous pensez à tout ! Vous êtes gentil, prévenant... bref, très différent des autres hommes !

– Je ne pense pas être l'unique spécimen en mon genre, fit lord de Creswell en riant. J'ai peine à croire que vous n'ayez rencontré que des mufles jusqu'à présent !

En voyant la jeune fille frissonner, il se dit qu'elle devait être en train d'évoquer celui qu'elle avait fui...

« A aucun prix, je ne veux qu'elle soit malheureuse ! Je vais essayer de la distraire pour qu'elle n'ait pas de sombres pensées... »

Pendant le déjeuner, il lui décrivit son premier poney et lui raconta quelques-unes des bêtises qu'il avait faites étant enfant. Cela fit rire Joséphine aux éclats, mais ce ne fut pas pour autant qu'elle parla de sa propre enfance...

Ils quittèrent l'auberge un peu après deux heures de l'après-midi.

« J'espère que Wenda ne m'attendait pas plus tôt ! » se dit Robby avec une certaine gêne.

Il avait laissé sa sœur s'occuper de tout... sans penser qu'elle se trouvait peut-être devant toute une série d'obstacles insurmontables.

– Vous avez de nouveau l'air soucieux, remarqua Joséphine.

– Oh, ce n'est rien ! prétendit-il.

Comme ils n'allaient pas tarder à arriver au château, il jugea cependant plus honnête de lui donner quelques explications.

– Sachez que si je possède une vaste propriété, de magnifiques objets d'art et de splendides tableaux, je n'ai pas d'argent. Aujourd'hui, vous verrez Creswell dans sa splendeur d'antan... mais ce n'est qu'une illusion.

Elle fronça ses délicats sourcils.

– Une illusion ?

– Et une illusion qui ne durera pas plus de quarante-huit heures. Les valets en livrée, les femmes de chambre en strict uniforme, les grands bouquets de fleurs, l'argenterie sortie des coffres, les repas raffinés, les bons vins – qui sont dans la malle de notre voiture car mes caves sont vides depuis longtemps –, tout cela disparaîtra comme par enchantement après le départ de mes hôtes.

La jeune fille le regarda avec stupeur avant de demander :

– Pourquoi une telle mise en scène ?

– Quand mes amis se sont invités à Creswell, je ne pouvais pas leur dire non ! Je me suis donc arrangé pour redonner un certain lustre au domaine...

Avec amertume, il ajouta à mi-voix, comme pour lui-même :

– Un lustre bien superficiel ! D'ordinaire, la plupart des pièces sont fermées pour la bonne raison que je n'ai que deux domestiques : un vieux majordome et sa femme, qui fait la cuisine.

Lord de Creswell mit ses chevaux au pas.

– Joséphine, si vous acceptiez de m'épouser, vous feriez de moi l'homme le plus heureux du monde, dit-il avec émotion. Mais il faut que vous sachiez que je ne pourrai jamais vous offrir de toilettes neuves, ni de bijoux, ni de voyages... ni même une femme de chambre !

La jeune fille demeurait silencieuse.

– Je ne veux pas vous donner de fausses impressions, poursuivit Robby. Il faut que vous compreniez que cette demeure, que vous allez voir aujourd'hui lumineuse et pleine de vie, retombera dès lundi dans une sorte de sommeil bien proche de la mort.

La jeune fille soupira.

– Vous êtes bien pessimiste !

– Pas du tout. Dites plutôt que je suis réaliste !

Avec un entrain forcé, il enchaîna :

– Mais comme vous l'avez souvent dit, profitons de l'instant présent sans penser à l'avenir. Pour le moment, Creswell revit et je vais tâcher de passer le week-end en m'imaginant que vous m'aimez et que vous allez devenir ma femme. Et puis lundi...

Il haussa les épaules avec résignation.

– Lundi ? Bah, nous verrons bien !

Il ralentit encore l'allure des chevaux pour franchir une grille en fer forgé très impressionnante mais dont les flèches dorées avaient malheureusement perdu leur éclat. Elle restait ouverte de jour comme de nuit pour la bonne raison que les gonds étaient rouillés.

Au pas, Robby remonta la large allée bordée de chaque côté d'une triple rangée de chênes séculaires. Au bout de l'allée, dans un écrin de verdure, on apercevait un merveilleux bâtiment de style élisabéthain en briques roses pâlies par le temps. Un rayon de soleil fit soudain étinceler toutes les vitres des cent douze fenêtres et Joséphine laissa échapper une exclamation admirative.

– Quel magnifique château ! Est-ce vraiment votre maison ? Comme vous avez de la chance !

– C'est ce que je me suis toujours dit... jusqu'à ce que les difficultés financières deviennent cruciales !

Au fur et à mesure qu'il remontait l'allée, Robby s'aperçut que les pelouses avaient été soigneusement tondues et que l'on avait débroussaillé tous les massifs qui, quelques jours auparavant encore, étaient envahis par les ronces.

En arrivant devant le perron, il nota que les marches avaient été débarrassées de la mousse qui les envahissait.

« Wenda a fait du bon travail ! »

Il faillit laisser échapper un cri de stupeur en voyant deux valets vêtus de la livrée vert et or des seigneurs de Creswell dérouler un tapis rouge sur les marches tandis qu'un troisième venait ouvrir la portière et qu'un quatrième se chargeait des bagages...

« Ma sœur est extraordinaire ! » pensa-t-il avec enthousiasme.

Un homme sortit des écuries en courant et arriva juste à temps pour prendre l'attelage en main.

– Bonjour, milord ! lança-t-il avec bonne humeur. Je vais m'occuper des chevaux.

– Merci. Ils méritent un bon picotin d'avoine !

– N'ayez crainte, milord, ils auront à boire et à manger en abondance !

En entrant dans le hall, Robby se demanda s'il ne rêvait pas.

« Mardi dernier, cette pièce semblait si sombre et poussiéreuse... Aujourd'hui, elle resplendit ! C'est à peine si je la reconnais ! »

Banks descendait l'escalier d'honneur, très élégant dans son habit noir.

« Comme c'est curieux ! On dirait qu'il a rajeuni... », pensa Robby.

– Bonjour, milord, dit le majordome. Tout est prêt comme le désirait milord... Je vais prévenir Mme Stevenson de l'arrivée de milord et de madame.

– Un valet pourrait peut-être monter les bagages de Mme Frazer dans sa chambre ? demanda Robby.

– Tout de suite, milord.

Lord de Creswell se tourna vers la jeune fille.

– Allons au salon, si vous le voulez bien.

Banks se précipita pour ouvrir en grand les portes. De nouveau, Robby faillit laisser échapper un cri de stupeur.

« Mon Dieu, quelle différence ! »

Cette pièce, qui était condamnée depuis longtemps, semblait soudain revivre. Les tableaux avaient été nettoyés, leurs cadres dorés avaient retrouvé leur éclat et Wenda avait disposé de grands bouquets de fleurs un peu partout. Soigneusement brossées, les délicates soieries qui tapissaient les fauteuils semblaient presque neuves.

– Quelle jolie pièce ! s'écria Joséphine. Je vois que vous avez une très belle collection de Fragonard... Et quelle profusion de fleurs !

Mme Stevenson, habillée de l'une des robes en soie noire bruissante qu'elle portait autrefois, arriva sur ces entrefaites.

– Bonjour, milord.

Robby sourit en voyant qu'elle n'avait pas oublié de se ceindre la taille de sa châtelaine en argent au bout de laquelle cliquetait un gros trousseau de clés.

– J'espère que vous avez fait bon voyage, milord.

– Nous avons fait un excellent voyage, merci. Pouvez-vous conduire Mme Frazer à sa chambre, s'il vous plaît, madame Stevenson ? J'ai quelques détails à vérifier avant l'arrivée de mes invités.

La gouvernante lui adressa un sourire entendu.

– Très bien, milord.

Elle s'inclina légèrement devant Joséphine.

– Si vous voulez bien me suivre, madame...

Avant de sortir du salon, Mme Stevenson se tourna vers lord de Creswell.

– Milord, une personne vous attend, dit-elle – toujours avec le même sourire entendu. Vous la trouverez dans la galerie ouest.

– Merci !

Robby n'attendit pas que la gouvernante et Joséphine commencent à gravir l'escalier pour se précipiter en courant vers la galerie.

Il y trouva Wenda en train de nettoyer de fragiles porcelaines anciennes. Laissant tomber son plumeau, la jeune fille se précipita dans les bras de son frère.

– Robby ! Je suis si contente de te voir !

Il l'embrassa sur les deux joues avant de déclarer :

– Ce que tu as réalisé est tout bonnement extraordinaire. Tu es une fée ! Ou plutôt une sorcière... Au Moyen Age, on t'aurait sûrement jetée au feu !

– Merci bien ! Je suppose que tu viens à peine d'arriver ?

– En effet.

– Tu n'as donc pas eu le temps de tout voir. J'avoue ne pas être mécontente du résultat... mais si j'avais eu quelques jours de plus, ce serait encore mieux !

Robby leva les bras au ciel.

– Mieux ? Mais cela ne pourrait pas être mieux ! Écoute, c'est magnifique – absolument magnifique ! Quand j'ai vu les valets en livrée dérouler le tapis rouge, je me suis demandé si je ne rêvais pas.

– Nous n'avons pas moins de six valets. Banks les a dûment chapitrés et tout ce que je souhaite, c'est qu'ils ne commettent pas d'impairs.

– Espérons que non !

– Nous avons eu un travail fou et j'ai mille choses à te raconter, Robby ! Mais je suppose que tu n'es pas seul. Tu es venu avec... avec une jeune femme ?

– Oui, bien sûr. Je suis obligé de faire comme les autres ! Mme Stevenson vient de la conduire dans sa chambre et j'en profite pour venir te voir et te demander si je peux t'aider...

Wenda esquissa un sourire ironique.

– Il est bien temps !

Robby parut très confus.

– J'aurais voulu venir plus tôt, mais cela m'a été impossible. Ah, si tu pouvais deviner ce qui m'est arrivé !

Il prit les mains de sa sœur.

– Wenda, je ne sais comment te remercier. Tu as fait des miracles !

– Pourvu que je n'aie rien oublié. Il faut dire que Banks m'a beaucoup aidée, tout comme Mme Stevenson. Quant à Mme Banks – qui n'a pas moins de trois femmes du village pour l'aider à la cuisine –, elle est un peu nerveuse mais je suis sûre que le dîner qui vous sera servi ce soir lui vaudra de nombreux compliments !

– Wenda, comment te remercier ? redemanda Robby.

– Ne me remercie pas trop vite. Quelque chose peut tourner mal au dernier moment...

– Jusqu'à présent, personne n'a deviné de quel illustre personnage nous attendons la visite ?

– Personne ! A plusieurs reprises, j'ai été tentée de mettre les Banks dans le secret, cependant je n'en ai rien fait.

– Cela vaut mieux ainsi.

– Pourquoi faire tant de cachotteries ? Dès son arrivée, tous les domestiques reconnaîtront immédiatement le prince de Galles !

– Bien sûr. Mais une fois qu'il sera au château, les curieux et les journalistes ne pourront pas venir l'importuner ! Il sera tranquille pendant tout un week-end.

Robby jeta un coup d'œil autour de lui.

– C'est incroyable ! Cette galerie semble avoir été rénovée du sol au plafond.

– Mieux vaut ne pas y regarder de trop près ! fit Wenda avec une pointe d'amertume. Tout cela n'est qu'une illusion !

– Comme tout le week-end ! Combien de personnes as-tu engagées pour remettre Creswell en état ?

– Au moins une centaine ! Je crois bien que tout le village a participé aux travaux.

Wenda se mit à compter sur ses doigts.

– Maintenant nous avons – tout au moins jusqu'à dimanche soir ! –, six valets, une douzaine de femmes de chambre, quatre palefreniers, trois filles de cuisine...

– Incroyable !

– Oh ! J'allais oublier de te dire que le champ de courses est désormais utilisable !

– Ce n'est pas possible !

– Si. Je suis allée trouver M. Wentworth...

– Qui est-ce ?

– Un retraité qui vit au village voisin. C'était une personnalité du monde hippique et il a participé autrefois très activement à l'organisation des prix – dont le Grand National. Je l'ai supplié presque à genoux de venir s'occuper du champ de courses...

– Et il a accepté ?

– Il était ravi !

Robby paraissait dubitatif.

– J'ai peine à croire qu'il ait pu restaurer le champ de courses en quelques jours !

– La tâche semblait presque impossible, mais il s'est dit prêt à relever le défi. Et avec l'aide d'une demi-douzaine de villageois, il a pu tout mener à bien. Ils ont même disposé un parcours d'obstacles.

Robby ouvrit de grands yeux.

– Je me demande si je ne rêve pas...

– Cela amusera sûrement Son Altesse de voir ses amis faire un petit concours hippique.

Lord de Creswell prit sa sœur par la taille et lui fit esquisser quelques pas de valse en chantonnant sur un air de Strauss :

– Wenda, ma sœur chérie, Wenda tu es étonnante, Wenda tu es extraordinaire, Wenda tu es merveilleuse, Wenda tu es... tu es...

Il cessa de danser :

– Écoute, c'est bien simple, je ne trouve pas de mots ! Ah, quel dommage que tu doives rester cachée ! J'aimerais tant que tu puisses participer à la fête ! J'aimerais tant que Son Altesse et ses amis puissent te remercier et te faire tous les compliments que tu mérites !

– Ne t'inquiète pas pour moi. Je ne suis pas du tout vexée de rester dans l'ombre.

– Ce n'est pas juste. Je voudrais au moins que tu dînes avec nous...

La jeune fille éclata de rire.

– A l'heure du dîner, je serai dans la cuisine, les manches retroussées, en train de préparer les délicieuses sauces françaises que notre père aimait tant !

Robby l'embrassa.

– Moi aussi, je les aime beaucoup ! Écoute, ma chère petite sœur, dès que nous aurons un peu de temps, j'aurai une quantité de choses à te raconter. Pour l'instant, tout ce que je te demande, c'est de ne pas te montrer quand les invités seront là. Sinon ils vont me poser des questions à n'en plus finir !

– Ne t'inquiète pas ! Ils ne risqueront pas de me voir car je passerai la plupart de mon temps à la cuisine ou à l'office. Et si par hasard l'un d'eux me croisait, il ne pourrait pas imaginer que la sœur du châtelain se promène en tablier, avec un plumeau ou un rouleau à pâtisserie à la main !

Robby soupira.

– Cela me navre de te mettre dans une pareille situation !

– Je t'assure que je ne me plains pas du tout de mon sort. Je suis ravie d'avoir pu redonner un peu de vie à Creswell. Vois les tableaux ! N'ont-ils pas retrouvé un nouvel éclat ?

– En effet. Je serai fier de faire visiter le château à la personne que j'ai amenée.

– Ne lui montre surtout pas la cuisine, parce que c'est là que je vais maintenant me tenir, dit Wenda en chassant une poussière imaginaire sur son tablier.

Robby avait envie de parler de Joséphine à sa sœur. Comme il aurait aimé se confier ! Mais il n'en avait pas le temps car il était probable que Joséphine, après s'être lavé les mains et recoiffée, était déjà redescendue au salon !

Lord de Creswell trouva en effet la jeune fille en contemplation devant les Fragonard.

– Pouvez-vous me montrer vos autres tableaux avant l'arrivée de vos invités ? lui demanda-t-elle.

– Bien sûr.

Pour laisser à sa sœur le temps de terminer son travail dans la galerie ouest, Robby jugea plus prudent d'emmener tout d'abord Joséphine dans la galerie est.

Là aussi, les tableaux et leurs cadres avaient été nettoyés et le parquet ancien encaustiqué.

La jeune fille joignit les mains.

– Quelle magnifique collection ! Je vois que vous avez là un Memling, deux Raphaël et même un Bruegel !

– Que vous êtes jolie quand vous vous enthousiasmez de la sorte !

Incapable de résister plus longtemps, Robby enlaça la jeune fille.

– Je vous aime, Joséphine. Vous êtes si jolie... Vous êtes exquise !

– Moi aussi, je vous aime, Robby.

Leurs lèvres se rencontrèrent dans un baiser sans fin. Un baiser tout d'abord très tendre qui se fit de plus en plus passionné.

Combien de temps demeurèrent-ils ainsi dans les bras l'un de l'autre ? Lord de Creswell aurait été bien incapable de le dire...

Ce fut un bruit de course dans le corridor qui le ramena à l'instant présent. Il laissa aussitôt retomber ses bras.

Un valet fit irruption dans la galerie.

– Milord, M. Banks demande que vous veniez tout de suite, vos invités arrivent !

Lord de Creswell prit Joséphine par la main et l'entraîna.

– Allons les accueillir.

Tout en se dirigeant vers le hall, il murmura :

– Je suis étonné qu'ils se présentent de si bonne heure. Ils ne devaient pas venir avant six heures du soir et il n'est que trois heures de l'après-midi !

Banks se précipita pour leur ouvrir en grand les portes du salon où il avait déjà dû introduire les premiers arrivants.

Le prince de Galles se tenait debout devant la cheminée au-dessus de laquelle était suspendu un grand tableau de Boucher. La duchesse de Manchester, qui l'avait accompagné, était assise dans une bergère.

Robby s'approcha du prince.

– Je suis heureux de vous accueillir à Creswell, Altesse. Je suis désolé de ne pas avoir été là au moment de votre arrivée...

– Je suis venu plus tôt que prévu car je voulais voir vos tableaux avant l'arrivée des autres invités. Ce Boucher est magnifique ! J'aimerais bien qu'il soit à moi.

Robby sourit.

– Altesse, commença-t-il, me permettez-vous de vous présenter madame...

Le prince se tourna vers la jeune fille.

– Joséphine ! Mais que faites-vous ici ?

– Parrain ! Mon cher parrain ! s'exclama la jeune fille en français. Quelle surprise !

Elle se jeta dans les bras du prince qui l'embrassa pendant que Robby, sidéré, contemplait la scène en se demandant s'il ne rêvait pas.

Comment Joséphine pouvait-elle être la filleule du prince de Galles ?

– J'ignorais que vous étiez en Angleterre, ma chère Joséphine, déclara ce dernier. Pourquoi votre père ne m'en a-t-il rien dit ?

Il avait cette fois parlé en anglais et, automatiquement, la jeune fille répondit dans la même langue :

– Je me suis enfuie de la maison ! Je vous en supplie, mon parrain, venez à mon secours ! J'avais l'intention de vous demander de m'aider, puis j'y ai renoncé. Je craignais que vous ne m'obligiez à retourner chez moi.

Si Robby paraissait fort étonné, il en allait de même pour le prince de Galles, que la jeune fille regardait d'un air implorant.

– Ma petite Joséphine, vous allez tout me raconter depuis le début, dit-il en la prenant par le bras et en la faisant s'asseoir près de lui sur un canapé.

Quelque peu vexée de ne pas être le centre de l'attention, la duchesse de Manchester se leva.

– Quant à moi, je vais aller me reposer pendant ce temps. Le voyage m'a un peu fatiguée.

– Oui, oui, c'est cela ! Allez donc vous reposer, dit

le prince de Galles qui ne quittait pas Joséphine des yeux.

Lord de Creswell alla s'incliner devant la duchesse.

– Excusez-moi de ne pas vous avoir accueillie comme je l'aurais dû, madame... Mais j'ai été tellement stupéfait de découvrir que mon amie Joséphine connaissait déjà Son Altesse que... que...

La duchesse laissa échapper un petit rire.

– Que vous avez oublié ma présence. Ne vous inquiétez pas, je ne vous en veux pas, Creswell !

En l'accompagnant dans le hall, Robby fut soulagé de voir Banks en compagnie de Mme Stevenson.

– Voici ma gouvernante, madame, dit-il à la duchesse. Elle va vous conduire dans votre chambre. Et j'espère que vous me permettrez tout à l'heure de vous montrer mes tableaux.

Avec un sourire taquin, il ajouta :

– Vous serez obligée d'admettre qu'ils peuvent rivaliser avec les vôtres !

La duchesse, qui avait déjà retrouvé sa bonne humeur, rétorqua :

– C'est ce que nous verrons, Creswell !

Robby s'empressa de retourner au salon. Avec dépit, il s'aperçut qu'il avait manqué le début du récit de Joséphine. Au moment où il arrivait, la jeune fille déclarait :

– Mon père était déterminé à ce que ce mariage se fasse pour que je devienne une princesse régnante ! Mais j'ai détesté mon prétendant dès le premier regard.

– Cela ne m'étonne pas, ma chère enfant.

Robby approcha un fauteuil du canapé et s'assit.

– Altesse, vous apprenez tous les secrets que Joséphine m'a jusqu'à présent cachés. Je sais seulement qu'elle est arrivée toute seule à Londres !

– Toute seule ! s'écria le prince. Joséphine, comment avez-vous osé voyager seule ?

– Elle prétendait être veuve !

– Pourquoi n'êtes-vous pas venue me trouver ? demanda le prince de Galles. Vous savez bien que j'aurais été ravi de vous recevoir à Marlborough House !

Joséphine baissa la tête.

– J'avais peur que vous ne me forciez à retourner en France pour épouser le prince.

– Quel prince ? ne put s'empêcher de demander Robby.

– Le prince Frederick de Gurenburg, répondit la jeune fille.

– Un homme que j'ai toujours trouvé fort antipathique, déclara le prince de Galles. Et Joséphine a raison quand elle dit qu'il l'épousait uniquement pour son argent.

– Son argent ? répéta lord de Creswell.

Le prince lui adressa un coup d'œil surpris.

– Vous ne savez donc pas que la mère de Joséphine, qui n'est autre que la duchesse de Mouchy, est la fille d'une richissime Américaine ?

– Je... je n'étais pas au courant, balbutia Robby.

Il se souvenait très bien avoir fait la connaissance du duc et de la duchesse de Mouchy lors de leur dernier séjour à Marlborough House. Il avait entendu dire que le duc et la duchesse étaient riches à millions et qu'une fortune incalculable reviendrait un jour à leur fille unique.

Et cette fille unique n'était autre que Joséphine ?

Quant au prince Frederick de Gurenburg, qui régnait sur une petite principauté du nord de l'Allemagne, tout le monde savait qu'il était en quête d'une riche héritière pour redorer son blason.

– Comment avez-vous rencontré ce jeune homme,

mon enfant ? demanda le prince de Galles en désignant Robby.

– Il est venu à bord du *Neptune,* le yacht à bord duquel j'avais effectué la traversée de la Manche. Le propriétaire du *Neptune,* qui ne pouvait pas s'attarder à Londres, lui a demandé de veiller sur moi. Ce qu'il a fait... très gentiment, dois-je ajouter !

– Cela ne me surprend pas, dit le prince en adressant un sourire à lord de Creswell.

Ce dernier n'hésita pas.

– Nous nous aimons, Altesse. Et ce que nous désirons, c'est que notre mariage soit célébré sans délai... avant que les parents de Joséphine ne disent que je ne vaux pas le prince Frederick de Gurenburg.

– Vous le valez dix fois, cent fois ! s'écria la jeune fille.

– Certes, je ne peux pas offrir un trône à celle que j'aime ! reprit Robby. Je ne possède que ce domaine... que, faute de capitaux, je ne peux pas me permettre d'entretenir comme il conviendrait.

Le prince écoutait avec attention. Lord de Creswell, qui le connaissait bien, savait qu'il adorait être mêlé aux intrigues... Et celle-ci n'était-elle pas la plus romantique de toutes ?

Joséphine se jeta aux pieds de son parrain.

– Aidez-nous, je vous en supplie ! Si je devais épouser cet horrible prince Frederick et aller vivre dans son triste palais, je mourrais !

– Triste ? L'adjectif est faible ! fit Son Altesse avec une grimace. Le palais de Gurenburg est funèbre !

La jeune fille s'empara de la main du prince de Galles.

– Aidez-nous ! répéta-t-elle d'un ton implorant. J'aime Robby et je n'ai pas de plus cher désir que celui de devenir sa femme et de passer le reste de mes jours avec lui, à Creswell !

Le prince sourit.

– Je suppose qu'il y a une chapelle ici ?

– Il y a une église dans le parc, Altesse, répondit Robby. Une église très ancienne ayant grand besoin d'être restaurée. Le pasteur du village vient y célébrer l'office une fois par semaine.

– Parfait ! s'exclama le prince. Il vous mariera dimanche et c'est moi qui conduirai la mariée à l'autel.

Joséphine laissa échapper un cri de joie. D'un bond, elle se redressa et embrassa le prince.

– Vous êtes trop gentil ! Oh, mon cher parrain, comme j'ai de la chance que vous soyez venu ici aujourd'hui !

Robby demeura silencieux pendant quelques instants.

– Dites-moi ce qui vous inquiète, Creswell ! lança le prince avec bonhomie.

– Altesse, je suis en train de me demander si ce mariage sera légal. Comme la plupart des Français, Joséphine doit être catholique ?

Le prince de Galles éclata de rire.

– Mon cher Creswell, je n'aurais pas proposé un semblable arrangement si votre fiancée était de religion catholique ! Apprenez que Joséphine est née un peu avant terme à Sandringham. Comme elle paraissait de santé fort délicate et que les médecins craignaient qu'elle ne survive pas, elle a été baptisée par mon chapelain et c'est ainsi que je suis devenu son parrain !

– Mon père est catholique, mais je suis protestante comme ma mère, en effet, dit Joséphine.

– Ce qui simplifie tout ! s'exclama Robby avec un grand sourire. Je vais envoyer immédiatement quelqu'un au presbytère pour dire au pasteur que Son

Altesse Royale le prince de Galles souhaite avoir un entretien avec lui. Altesse, vous saurez le persuader de nous marier sans licence spéciale. Votre autorisation suffira...

– Ma signature remplacera tous les documents officiels, déclara le prince avec importance.

Si Robby avait voulu organiser un divertissement spécial pour Son Altesse, il n'aurait pu trouver mieux que ce mariage improvisé !

Le prince était visiblement ravi de jouer un bon tour au duc de Mouchy – qui était pourtant son ami –, et de faire subir un affront au prince Frederick de Gurenburg – qu'il n'appréciait pas du tout.

– Vous allez voir, tout va s'arranger, dit-il à Robby en se frottant les mains. Mais après le mariage, il faudra décider qui apprendra la nouvelle au duc et à la duchesse de Mouchy. Vous, Joséphine ? Ou bien moi ?

La jeune fille n'hésita pas une seconde.

– Vous, mon parrain !

– Très bien ! dit le prince en riant.

Lorsque les autres invités arrivèrent, un peu plus tard, il ne fut pas question de leur présenter Joséphine comme *madame Frazer* !

Le prince leur raconta dans quelles circonstances romanesques sa filleule s'était enfuie de chez elle.

La duchesse de Manchester sourit.

– Quel roman ! Je trouve, mon enfant, que vous avez été très courageuse de partir seule pour un pays étranger.

– Je savais que j'aurais été bien accueillie par mon parrain, mais je n'ai pas osé aller me présenter à Marlborough House. Je craignais tant que mon parrain ne me dise que j'avais bien de la chance d'épouser un prince régnant !

– Si l'on me donnait le choix, je dédaignerais moi

aussi le trône de Gurenburg, car je lui préfère les magnifiques tableaux du château de Creswell ! dit le duc de Sutherland.

Toutes les invitées de ces messieurs étaient de bien jolies femmes, mais Joséphine les éclipsait de loin. Et elle n'avait même pas besoin de bijoux pour briller : le bonheur suffisait à faire étinceler ses prunelles comme de précieux saphirs.

Le dîner – exquis – fut servi avec beaucoup de style par Banks et deux valets qu'il avait dûment chapitrés. Au grand soulagement de Robbie, il n'y eut pas une seule fausse note dans le service.

Il était cependant un peu confus.

« Tout va si vite ! Quand je pense que je n'ai pas encore eu le temps de raconter à Wenda les derniers événements... »

Après dîner, Robby attendit que ses invités se soient installés autour des tables de jeu pour emmener Joséphine dans un petit salon.

Il lui prit les mains et la contempla avec passion.

– Pourquoi ne m'avez-vous pas fait confiance ? Pourquoi ne pas m'avoir tout raconté ?

– J'en étais très tentée... mais j'avais peur de vous perdre.

– Joséphine ! fit lord de Creswell d'un ton plein de reproche.

– Vous m'auriez peut-être poussée à aller voir mon parrain. De cette manière, vous... vous auriez été débarrassé de moi.

– Joséphine !

Elle baissa les yeux en rougissant.

– Et puis j'étais si bien avec vous...

Très ému, Robby la prit dans ses bras.

– Mon amour !

– Je vous aime... fit-elle très bas.

– Moi aussi, je vous aime, je vous adore ! Et je n'ose croire que nous allons nous marier dimanche...

– Après-demain !

– Après-demain, nous serons l'un à l'autre pour toujours !

– Nous vivrons dans ce château de conte de fées et nous serons merveilleusement heureux.

Joséphine leva son ravissant visage vers Robby.

– Oh, comme je vous aime ! s'écria-t-il avec emportement avant de lui prendre les lèvres dans un baiser auquel elle répondit avec une délicieuse inexpérience.

A regret, Robby laissa retomber ses bras.

– Je me dois à mes invités. Et pourtant, que ne donnerais-je pour rester avec vous !

– Moi aussi !

Quand ils regagnèrent enfin le salon, les hôtes de Robby regardèrent avec une visible envie ce jeune couple aux yeux lumineux dont le visage irradiait de bonheur.

6

Wenda s'était donné énormément de mal pour préparer le dîner avec Mme Banks.

– Son Altesse aime le caviar et les ortolans, lui avait dit son frère.

La jeune fille avait levé les yeux au ciel.

– Où veux-tu que je trouve du caviar et des ortolans ?

– Cela me semble difficile, en effet. Mais tu pourrais peut-être acheter des huîtres ?

– A cette époque ?

– Écoute, je te laisse faire pour le mieux !

Wenda se souvenait que le plat favori de son père était un faisan farci d'une bécasse, farcie à son tour de truffes, le tout arrosé d'une délicieuse sauce aux champignons.

« Il s'agit d'un plat de grande cuisine. Je suis sûre que le prince de Galles l'appréciera. Et au moins, je sais que je pourrai me procurer autant de faisans que je voudrai : le gibier foisonne dans les bois de Creswell. »

Comme dessert, la jeune fille avait disposé avec art, dans des paniers en meringue, des fraises et de la glace décorée de feuilles de menthe délicatement ciselées.

Lorsque, après avoir débarrassé la table, deux valets

emportèrent le dessert, Wenda laissa échapper un soupir de soulagement.

« Le café est prêt et il ne reste plus aux filles de cuisine qu'à faire la vaisselle. Le premier repas semble s'être bien passé, ma foi... Mais je suis épuisée ! »

Après avoir ôté son tablier, elle quitta l'office et se rendit sur la pointe des pieds dans la galerie qui surmontait la salle à manger. De là-haut, elle pouvait voir tous ceux qui se trouvaient assis à la longue table en acajou... sans risquer d'être vue. Souvent, lorsqu'elle était enfant et que ses parents recevaient, elle était venue s'agenouiller entre deux barreaux sculptés pour contempler avec admiration les messieurs en habit de soirée et les dames couvertes de bijoux.

Retrouvant ses habitudes d'autrefois, elle se glissa à la place qu'elle connaissait bien et jeta un coup d'œil en contrebas.

A la lueur des deux lustres en cristal, l'argenterie et les cristaux étincelaient. Au milieu de la table, le grand bouquet de roses très pâles que la jeune fille avait confectionné elle-même était si joli qu'il semblait sortir d'un tableau.

Mais Wenda était surtout intéressée par les dîneurs. Elle avait souvent vu des portraits du prince de Galles et n'eut aucune peine à le reconnaître. En revanche, il lui était impossible de mettre des noms sur les autres convives.

« La personne assise à droite de Robby est probablement la duchesse de Manchester... »

Vêtues de soie, de satin ou de velours, les dames lui parurent d'une folle élégance. Toutes portaient des diamants dans les cheveux – à l'exception de l'une d'entre elles, qui semblait nettement plus jeune que les autres.

« Il doit s'agir de Mme Frazer, l'invitée de Robby », pensa la jeune fille.

Elle s'aperçut très vite que Robby et Mme Frazer ne cessaient de se chercher du regard.

« Ils ont l'air tellement amoureux l'un de l'autre que je ne serais pas étonnée d'apprendre que Robby songe à épouser cette jeune personne. Dans ce cas, je serais probablement obligée de quitter le château... Ce qui serait terrible ! Mon Dieu ! Où irais-je donc vivre ? »

Wenda se rassura bien vite.

« Robby ne peut pas envisager de se marier pour la bonne raison qu'il n'a pas d'argent ! Comment pourrait-il entretenir une femme, lui qui a été obligé de vendre deux tableaux pour organiser une réception ? De plus, cette Mme Frazer doit certainement avoir un mari... Je me demande où est ce pauvre homme, en ce moment ? Et où sont les maris des autres dames ? Décidément, ces week-ends mystères sont bien bizarres ! »

La jeune fille se trouvait trop loin pour entendre les conversations. Seul un murmure montait jusqu'à elle, ponctué par le rire du prince de Galles.

« Il a l'air content. Je crois que la soirée n'aurait pas pu mieux se passer ! »

Wenda ne tarda pas à quitter son poste d'observation.

« Mieux vaut que j'aille me reposer un peu. Je vais avoir tant de travail pendant les deux jours à venir ! »

La porte de sa chambre était la seule à ne pas porter de bristol à son nom. Cette pièce décorée en bleu pastel et blanc lui parut bien calme après le vacarme qui régnait dans la cuisine. Après s'être préparée pour la nuit, elle se mit au lit.

« En fin de compte, je ne suis pas aussi fatiguée que je le pensais. De toute manière, mieux vaut que je ne dorme pas tout de suite, car je serai réveillée par le bruit quand les invités viendront se coucher. Et puis Robby viendra peut-être me dire bonsoir... »

Elle ouvrit un livre d'histoire passionnant qu'elle avait commencé la veille et ne tarda pas à se laisser absorber par sa lecture.

Pendant ce temps, au salon, le prince de Galles abandonnait ses cartes.

– Décidément, je n'ai pas de chance au jeu ce soir ! De toute manière, je crois que nous ferions mieux de ne pas tarder à aller nous reposer. Surtout ceux qui ont l'intention de monter à cheval demain ! Il paraît que Creswell a prévu un parcours d'obstacles assez difficile... Je me demande qui gagnera le trophée !

Robby pâlit.

« Je n'ai pas de coupe à offrir à celui qui arrivera le premier ! »

Il se rasséréna vite.

« Bah, un flot de rubans suffira... Surtout si c'est Joséphine qui l'offre au vainqueur avec un joli sourire. »

Dix minutes plus tard, tout le monde gravit l'escalier d'honneur.

Robby retint Joséphine par la main.

– Allons faire quelques pas dehors !

Elle ne se fit pas prier pour l'accompagner dans le parc. A pas lents, ils s'approchèrent de la fontaine. Les jets d'eau, argentés par le clair de lune, fusaient dans un ciel de velours noir avant de retomber en mille gouttelettes dans la vasque en pierre sculptée.

– Comme c'est joli, murmura Joséphine.

Robby l'étreignit.

– Comme je vous aime...

– Et comme je vous aime ! fit-elle écho.

Les yeux clos, elle lui tendit ses lèvres. Alors il n'y eut plus qu'eux au monde...

Wenda n'avait lu que trois ou quatre pages quand elle entendit les invités de son frère monter l'escalier.

Ils semblaient tous d'excellente humeur tandis que les plaisanteries et les rires fusaient.

Pour la première fois, Wenda se sentit un peu triste.

« Comme j'aurais aimé porter une jolie robe en mousseline et dîner avec eux ! Hélas, je dois, telle Cendrillon, rester dans l'ombre à la cuisine ! Mais je n'ai pas de marraine bonne fée pour me transformer d'un coup de baguette magique ! »

Le lundi venu, la vie au château sombrerait de nouveau dans la grisaille. Mais ce week-end resterait un souvenir lumineux dans sa mémoire...

« Après avoir goûté aux plaisirs que l'on peut s'offrir grâce à une bourse bien garnie, Robby risque d'être tenté de vendre d'autres tableaux. C'est trop risqué ! Il faudra que je l'en empêche par tous les moyens ! »

A la grande surprise de la jeune fille, les invités ne s'attardèrent pas dans le couloir.

Tous les messieurs étaient logés dans les chambres donnant sur la cour d'honneur, tandis que les dames avaient droit à celles qui se trouvaient de l'autre côté du couloir, et qui avaient une très jolie vue sur le lac. Robby s'était arrangé pour que chacun de ses invités n'ait qu'à traverser le corridor pour se rendre chez sa belle du moment.

Le jeune lord de Creswell avait maintenant suffisamment d'expérience de ces week-ends mystères pour savoir que ces visites furtives ne commenceraient pas avant un certain temps. Chacun attendait dans sa chambre que tout soit devenu très calme pour se risquer dehors...

Le marquis de Milverton était encore moins pressé que les autres. A vingt-neuf ans, ce riche et séduisant aristocrate était toujours célibataire – au grand désespoir des siens.

Sa grand-mère lui faisait souvent la leçon.

– Tu as un titre, une fortune, un splendide domaine, un magnifique hôtel particulier à Londres... Il ne te manque qu'une femme et des enfants ! Qu'attends-tu donc pour te marier, James ?

– Cela va peut-être vous paraître démodé, ma chère grand-mère. Mais j'attends tout simplement de tomber amoureux.

– Seigneur ! Cela t'est déjà arrivé au moins une douzaine de fois !

Le marquis secouait la tête.

– Je me suis amouraché de l'une ou de l'autre, tout en sachant que cela ne durerait pas. Car je n'ai jamais confondu les passades – ou les aventures sans lendemain – avec le véritable amour.

– Tu demandes trop ! Il faut une jolie châtelaine à Milverton... Quant à moi, j'ai hâte de faire sauter mes petits-enfants sur mes genoux.

Ce soir-là, en surprenant les tendres regards que ne cessaient d'échanger Robby et Joséphine, James de Milverton n'avait pu s'empêcher de ressentir une pointe d'envie.

Il avait adressé un bref coup d'œil à la jolie rousse qui l'avait accompagné à Creswell. Dotée d'un mari fort complaisant, lady Eleanor n'était pas très sage. Elle avait déjà eu de nombreux amants et James n'ignorait pas qu'il serait vite remplacé.

« Notre liaison n'a duré que quinze jours et déjà, je sens que nous sommes las l'un de l'autre ! Pourquoi suis-je incapable de rester fidèle à une femme plus de quelques semaines ? »

Il devait cependant admettre que c'était le cas pour la plupart de ses amis. Le prince de Galles lui-même changeait souvent de maîtresse. Et si la duchesse de Manchester avait en ce moment ses faveurs, chacun savait que cela ne durerait pas longtemps !

« Je voudrais tant tomber amoureux comme Robby ! » se dit le marquis de Milverton en soupirant.

– L'ennui avec vous, James, lui avait dit une fois une femme à laquelle il venait d'annoncer la rupture, c'est que vous êtes trop égoïste pour donner votre cœur.

Elle paraissait furieuse. Apparemment, le splendide bouquet d'orchidées et le collier de diamants qu'il lui avait offerts pour adoucir le coup n'avaient pas suffi.

« Seul le dépit l'a fait parler, s'était dit James. Est-ce ma faute si je ne parviens pas à m'attacher ? Qui peut se vanter de pouvoir contrôler son propre cœur ? »

Le marquis alla s'accouder à la fenêtre et soupira profondément lorsqu'il aperçut Robby et Joséphine tendrement enlacés près de la fontaine.

« Comme ils sont heureux ! Comme ils ont de la chance ! Et quand je pense que leur mariage sera célébré après-demain... »

Il haussa les épaules.

– Je ne vais quand même pas être jaloux ! fit-il à mi-voix, fâché contre lui-même.

Après avoir tiré les rideaux d'un geste brusque, il se mit en devoir de se déshabiller.

« Quelle jolie chambre ! » pensa-t-il en admirant le grand lit à baldaquin, les meubles anciens soigneusement cirés et les tableaux représentant de paisibles scènes champêtres.

Il se dit soudain qu'il aurait mieux fait de ne pas amener lady Eleanor avec lui.

« Maintenant, elle m'attend de l'autre côté du couloir... et je n'ai aucune envie d'aller la rejoindre ! »

En soupirant, il mit sa longue robe de chambre en velours sombre ornée de brandebourgs et se décida enfin à traverser le corridor.

Celui-ci était maintenant très sombre car la plupart des bougies fichées dans les appliques en argent disposées à intervalles réguliers s'étaient éteintes.

« De toute manière, la chambre de lady Eleanor doit se trouver en face de la mienne. Même si je n'arrive pas à lire le carton à son nom, je ne peux pas me tromper ! »

Lorsqu'il ouvrit la porte, il se dit qu'il rêvait ou bien qu'il était en train de contempler le plus beau de tous les tableaux du château.

« Un si merveilleux tableau que Creswell nous l'a caché, préférant garder pour lui seul, en égoïste, le plaisir de l'admirer. »

Encore mal remis de sa surprise, le marquis regardait la jeune fille qui lisait dans un lit à baldaquin tendu de rideaux en mousseline et en dentelle.

Avec ses cheveux blonds tombant en vagues souples sur ses épaules, Wenda avait l'air d'un ange dans le halo de douce lumière diffusé par les trois bougies fichées dans un candélabre en vermeil.

Avertie par un sixième sens que la porte venait de s'ouvrir sans bruit, elle leva vers la silhouette masculine qu'elle apercevait dans la pénombre de grands yeux bleus frangés de cils interminables.

– Est-ce toi, Robby ? interrogea-t-elle d'une voix douce.

– Non...

Le marquis s'avança vers le lit et la jeune fille lui adressa un regard stupéfait.

– Je... je pensais que vous étiez Robby.

Wenda examinait celui qu'elle avait aperçu un peu plus tôt à table et qu'elle avait trouvé très beau avec ses larges épaules, son front intelligent, son menton volontaire et ses cheveux bruns.

« Robby et lui sont les plus séduisants de tous ces messieurs », s'était-elle dit.

– Robby est dans le parc, déclara James.

– Vous vous êtes trompé de chambre ? demanda la jeune fille avec naïveté. Vous êtes...

– Le marquis de Milverton.

– Eh bien, votre chambre se trouve de l'autre côté du couloir.

Le marquis devina qu'elle n'avait aucune idée de la raison de ses errances nocturnes...

– Je me suis aperçu que j'avais oublié quelque chose en bas et je suis descendu... prétendit-il. Excusez-moi si je me suis trompé de porte, mais les chandelles sont presque toutes éteintes et on n'y voit goutte.

– Oh, mon Dieu ! Je suis navrée ! s'exclama Wenda. Je me disais aussi que ces bougies ne dureraient pas longtemps. Elles étaient petites et de mauvaise qualité... Mais c'est tout ce que j'ai pu trouver.

– Qui êtes-vous ? Habitez-vous ici ?

– Je suis...

Wenda s'interrompit brusquement.

« Nul ne doit savoir que je suis la sœur de Robby ! Comment ai-je pu oublier cela ? »

– Qui êtes-vous ? insista le marquis.

– Je... euh, j'aide à la cuisine et... euh, j'espère que vous avez apprécié le dîner.

James sourit.

– Il était délicieux. Mais vous n'avez pas du tout l'air d'une cuisinière. En ouvrant la porte, je vous ai prise pour un ange !

Wenda laissa échapper un rire cristallin.

« Quel rire ravissant ! » pensa le marquis, subjugué.

– J'aimerais bien être un ange ! soupira la jeune fille d'un air rêveur. Alors je m'envolerais à tire-d'aile vers les nuages et je n'aurais plus jamais besoin de me préoccuper de toutes les difficultés que l'on rencontre sur cette terre !

Le marquis regarda autour de lui.

– Si je reviens dans cette chambre demain, j'ai bien peur de ne plus y trouver que de la poussière, des toiles d'araignées et des souris. Ou bien j'aurai fait un joli rêve, ou bien vous vous serez envolée au ciel !

Wenda se remit à rire. Puis elle se dit que Robby ne serait pas content s'il apprenait qu'elle était en train de bavarder avec l'un de ses invités.

– Vous devriez retourner dans votre chambre, dit-elle au marquis. Elle se trouve presque en face de celle-ci, un peu sur la gauche.

– Vous voulez que je m'en aille ? Moi qui pensais que les anges étaient compatissants et toujours prêts à aider ceux qui en avaient besoin.

– Je ne pense pas que vous ayez besoin d'aide. Concentrez-vous plutôt en pensant à la course qui vous attend demain... J'espère que vous avez amené de bons chevaux et qu'ils ne trouveront pas les obstacles trop hauts.

– Je suis sûr que le parcours sera parfait ! Mais tout n'est-il pas parfait dans cette demeure ? Nulle part ailleurs je n'ai vu d'aussi beaux tableaux, nulle part ailleurs je n'ai fait un aussi bon dîner...

Il sourit avant d'ajouter :

– Et nulle part ailleurs, je n'ai eu l'occasion de rencontrer un ange blond.

Wenda ne put s'empêcher de rire.

– Demain, l'ange aura disparu.

– Ne dites pas cela !

– En revanche, si vous désirez très fort quelque chose, faites-en le vœu tout bas. Je prierai pour qu'il se réalise.

Le marquis la regarda avec stupeur. Puis il ferma les yeux d'un air plein de ferveur.

« Je voudrais être aussi heureux que Robby et Joséphine ! » souhaita-t-il.

Quand il souleva les paupières, il rencontra le clair regard de Wenda.

– Votre vœu sera exaucé, lui dit-elle. Oui, il le sera ! J'en ai l'intuition...

– Auriez-vous su lire dans mes pensées ? lui demanda-t-il avec étonnement.

La jeune fille hésita.

– Il m'arrive parfois de... de deviner ce... ce que pensent les gens. Mais il s'agit en général de personnes que je connais et que... que j'aime. Je suppose que cela facilite les choses.

– Vous saviez que j'ai demandé de rencontrer l'amour ?

– Je le savais, répondit-elle avec gravité. Mais n'est-ce pas ce que nous souhaitons tous ?

– Sans rien trouver ! fit le marquis avec amertume.

– Vous auriez tort de désespérer. Une voix intérieure vient de me dire que vous découvrirez ce que vous cherchez bien plus tôt que vous ne le pensez... Ayez confiance !

Après un silence, la jeune fille répéta :

– Oui, ayez confiance ! Vous allez bientôt rencontrer... celle qui, de son côté, vous attend.

Comme hypnotisé, James écoutait. Leurs regards se rencontrèrent, s'accrochèrent, et soudain le temps parut s'arrêter.

– Êtes-vous réelle ? demanda enfin le marquis. Je ne peux y croire... J'ai peur de ne jamais vous revoir.

– Retournez dans votre chambre. Et, je vous en prie, ne dites à personne – surtout pas à Robby – que vous êtes entré ici par erreur.

– Je n'en soufflerai pas un mot à qui que ce soit. Mais je voudrais que vous me fassiez une promesse.

– Laquelle ?

– Promettez-moi que nous nous reverrons demain.

Que n'aurait donné Wenda pour que ce soit possible !

– N'y comptez pas trop, fit-elle avec regret. Et maintenant, allez-vous-en, je vous en prie. Vous n'auriez pas dû venir ici. Comme je vous l'ai déjà dit, votre chambre se trouve de l'autre côté du couloir.

– Bien, je vais vous laisser... Mais je jure que si vous êtes un être humain et pas une illusion, je vous retrouverai !

Arrivé sur le seuil, il se retourna.

– Priez pour moi !

– Ne vous l'ai-je pas promis ?

Le marquis referma doucement la porte et, au lieu de se rendre chez lady Eleanor, regagna sa propre chambre. Pour éviter toute visite intempestive de sa belle maîtresse, il donna un tour de clé dans la serrure.

« C'est bien la première fois que cela m'arrive de m'enfermer chez des amis, au cours de l'un de ces week-ends mystères... qui sont surtout fort licencieux ! » pensa-t-il avant de se mettre au lit.

Restée seule, Wenda laissa échapper un soupir de soulagement.

« Si Robby était arrivé à ce moment-là, il aurait été furieux de trouver l'un de ses invités dans ma chambre, quand je suis censée ne pas me montrer ! »

Elle esquissa un sourire amer.

– Pour le prince de Galles et ses amis, je n'existe même pas !

Cette constatation l'attrista, alors qu'elle avait été jusqu'à présent très satisfaite de son sort.

Elle s'efforça de se raisonner.

« Je ne suis pas à plaindre ! J'ai pu voir le prince de Galles de loin... et le marquis de Milverton de près. »

Elle retint sa respiration, tandis que son cœur se mettait à battre la chamade.

« Comme il est sympathique ! J'aimerais beaucoup le revoir et lui parler de nouveau... mais je crains que cela n'arrive jamais. »

Si le marquis était entré dans sa chambre, c'était tout simplement par erreur – pour la bonne raison que le couloir n'était pas suffisamment éclairé.

Cela n'avait pas été facile de trouver suffisamment de bougies en si peu de temps. Wenda s'était approvisionnée chez M. Twillet, le quincaillier. Ce dernier, qui n'avait pas beaucoup de stock, avait dû passer une commande en toute hâte. Suivant à la lettre les instructions de la jeune fille, qui voulait dépenser le moins possible, il avait acheté des chandelles de médiocre qualité.

« L'ennui, c'est qu'elles se consument tout de suite... Voilà ce qui s'appelle réaliser une fausse économie ! »

Wenda s'adossa à ses oreillers et se remit à penser au marquis. Et quand elle s'endormit... ce fut pour rêver de lui.

Lorsque la jeune fille s'éveilla, le lendemain matin, il faisait à peine jour.

Elle sauta du lit et alla contempler le ciel.

– Quelle chance ! Il va faire très beau !

Elle avait été tellement occupée ces derniers temps

qu'elle n'avait pas encore trouvé un moment pour voir le champ de courses aménagé grâce aux soins de M. Wentworth.

« Si je me lève maintenant au lieu de paresser au lit, j'aurai la possibilité d'en faire le tour. Je pourrai même faire sauter un ou deux obstacles à Samson. »

Samson était le meilleur cheval qui leur restait. Le défunt lord de Creswell l'avait acheté peu de temps avant sa mort. Il n'avait pas eu le temps de le dresser et c'était Wenda qui s'en était chargée.

« Pauvre Samson ! Il doit se demander ce qui m'arrive... Je ne l'ai pas monté une seule fois depuis que Robby est venu m'apprendre qu'il recevait le prince de Galles et ses amis ce week-end et que je devais transformer le château comme par un coup de baguette magique. »

Un grand sourire lui vint aux lèvres.

– La tâche était difficile ! Mais je crois avoir réussi au-delà de toute espérance !

La jeune fille s'empressa de mettre une jupe d'équitation et une blouse en mousseline blanche. Après avoir enfilé ses bottes, elle se contenta de nouer ses cheveux à l'aide d'un étroit ruban de velours bleu.

« Je n'ai pas besoin de me soucier de mon apparence pour la bonne raison que je ne rencontrerai personne d'aussi bonne heure ! »

Les domestiques n'étaient pas encore levés et le grand hall était désert. Mais en passant devant la porte de la cuisine, elle entendit les Banks discuter à mi-voix.

« Il se passe tant de choses au château en ce moment qu'ils sont aussi surexcités que moi et n'arrivent pas davantage à dormir ! Et puis Mme Banks doit déjà commencer à préparer le petit déjeuner... »

Les palefreniers, les cochers et les valets qui étaient venus avec leurs maîtres dormaient encore dans les chambres qui se trouvaient au-dessus des écuries. Sans être dérangée par qui que ce soit, Wenda put aller d'une stalle à l'autre, d'un box à l'autre, admirant les magnifiques chevaux de leurs hôtes.

Quand elle passa sa bride à Samson, celui-ci souffla doucement.

– Pauvre Samson, je ne me suis guère occupée de toi ces derniers jours... Ne t'inquiète pas ! Dès lundi, la vie reprendra son cours.

La jeune fille s'efforça de ne pas penser que tout allait redevenir bien morne au château...

Elle se mit en selle et partit au petit trot vers le champ de courses. Les haies avaient été taillées, le terrain nivelé et, dans l'herbe tondue à ras, M. Wentworth avait disposé une douzaine d'obstacles fraîchement repeints.

C'était trop tentant et Wenda n'hésita pas. Après quelques tours de galop, elle dirigea Samson vers la première barre qu'il franchit sans hésiter. Puis il plana littéralement au-dessus du second obstacle.

« Pourquoi ne ferais-je pas tout le parcours ? se demanda la jeune fille. Après tout, Samson vaut bien les chevaux de ces messieurs ! »

Elle passa le troisième obstacle avec maestria avant de décrire une volte pour aborder le quatrième.

Elle ignorait qu'on la regardait...

Le marquis n'avait guère dormi cette nuit-là. Il pensait à l'ange blond qu'il avait découvert par hasard dans l'une des chambres du château de Creswell... et il se demandait s'il n'avait pas rêvé.

Au petit jour, il s'était levé et s'était dirigé vers les écuries. Le prince de Galles lui avait dit qu'il trouverait un champ de courses au château de Creswell. Aussi, bien décidé à gagner le concours si lord de Creswell en organisait un, il avait fait venir son anglo-arabe préféré : Firefly.

Le marquis réveilla le jeune garçon qui était censé surveiller les chevaux pendant la nuit, mais qui dormait profondément au milieu des bottes de foin.

– Pouvez-vous seller mon cheval, s'il vous plaît ?

Le petit villageois, qui ne devait pas avoir plus de douze ou treize ans, se frotta les yeux en regardant le marquis avec stupéfaction.

Celui-ci répéta sa question sans obtenir davantage de résultat. Alors il haussa les épaules et, sans insister davantage, se mit en devoir de seller lui-même sa monture.

« J'espère qu'il y aura des garçons d'écurie un peu plus expérimentés tout à l'heure ! se dit-il en vérifiant la sangle de son cheval. Mais c'est ma faute aussi ! Quelle idée de se lever aux aurores ! Je suis certainement le seul à vouloir monter à une heure pareille ! Tous mes amis doivent encore dormir profondément... »

Cinq minutes plus tard, en sortant de la cour des écuries, il vit le champ de courses un peu plus loin, sur sa gauche, et décida d'aller reconnaître le parcours d'obstacles.

A sa grande surprise, il s'aperçut alors qu'un autre cavalier avait été encore plus matinal que lui.

« On dirait que c'est une femme ! » pensa-t-il en s'approchant des haies de buis taillé qui entouraient le champ.

Il ne s'était pas trompé : c'était bien une jeune fille qui passait les obstacles avec une aisance déconcertante, et dans un style à faire pâlir les cavaliers les plus expérimentés.

Le soleil faisait briller ses cheveux blonds et le marquis eut soudain l'intuition qu'il avait retrouvé son ange...

« Je me demande si je ne suis pas en train de perdre la raison ! se dit-il. Toute la nuit, j'ai pensé à elle... et à peine debout, je crois voir celle qui n'est peut-être qu'une illusion de ma pauvre tête malade ! »

Pour ne pas déranger la cavalière, il resta derrière les haies. Seuls deux obstacles restaient à passer – les plus hauts. Si Wenda franchit le premier sans la moindre difficulté, son cheval eut un peu plus de mal à se recevoir après avoir sauté le dernier...

« Mon Dieu ! Elle va tomber ! » pensa le marquis avec effroi.

Mais cette cavalière s'entendait si bien avec son pur-sang qu'elle l'aida à retrouver son équilibre presque instantanément, grâce à un jeu de rênes éblouissant.

Pour se présenter en face de l'avant-dernier obstacle, la jeune cavalière avait dû effectuer une demi-volte, ce qui l'avait fait passer à quelques mètres du marquis. James, qui avait pu la voir de près, n'avait maintenant plus aucun doute : il se trouvait bien devant « l'ange » qu'il avait vu la veille.

« Au moins, me voilà rassuré quant à l'état de mes facultés mentales ! » pensa-t-il.

Wenda caressait son cheval.

– Bravo, Samson !

Le marquis la rejoignit à ce moment-là et elle fut bien obligée de s'arrêter pour répondre à son salut.

– Vous montez magnifiquement ! lui dit-il avec enthousiasme. Mais ces obstacles sont beaucoup trop hauts pour une femme.

La jeune fille éclata de rire.

– Ce n'est pas moi qui les saute, mais Samson ! Si

nous pouvions participer au concours hippique, lui et moi, nous le gagnerions sûrement.

Le marquis sourit.

– Peut-être... Ne soyez pas trop sûre de vous !

– Je suis sûre de Samson.

– Vous n'avez pas encore vu Firefly sauter.

– Firefly est votre cheval ?

– Oui. Il est excellent à l'obstacle. Mais pourquoi ne participeriez-vous pas au concours ?

– Pour la bonne raison que je serai très occupée aux cuisines.

– Je ne vous crois pas ! Vous ne pouvez pas être une cuisinière, ce n'est pas possible !

– Il n'y a pas de sot métier, rétorqua la jeune fille d'un ton léger.

– Je vous l'accorde. Mais...

James secoua la tête.

– Tout cela n'a aucun sens...

Elle sourit.

– Puisque cela n'a pas de sens, ne cherchez pas à comprendre.

– Vous montez à cheval comme une déesse, vous êtes d'une beauté exceptionnelle... et vous travailleriez aux cuisines du château ?

– N'avez-vous pas apprécié le dîner, hier ?

– Il était excellent. Mais j'ai peine à croire qu'il ait été confectionné par une blonde nymphe que le moindre souffle de vent pourrait emporter...

Wenda éclata de rire.

– Tiens, voilà une bonne idée ! Et si je demandais au vent de m'emporter ?

Elle fit mine de réfléchir.

– Voyons, où pourrais-je aller ? Tiens ! Pourquoi pas en Grèce ?

– Ne partez pas si loin ! s'écria le marquis. Maintenant que je vous ai retrouvée, je ne veux pas vous perdre. Parlez-moi de vous. Tout d'abord, qui êtes-vous ?

La jeune fille posa un doigt sur ses lèvres.

– C'est l'un des mystères de ce week-end mystère ! Mais je vous préviens à l'avance : même si vous vous donnez beaucoup de mal pour découvrir qui je suis, vous n'y parviendrez pas.

– C'est ce que nous verrons. J'aime résoudre les énigmes et en voilà une de taille !

– Vous avez promis hier de ne parler de moi à personne !

– Vous en avez ma parole.

– Merci.

Voyant que Wenda s'apprêtait à partir, le marquis demanda :

– Où allez-vous ?

– Mystère...

– Il est encore très tôt. J'aime beaucoup monter à cheval de bonne heure... Voulez-vous m'accompagner ? Nous pourrions ainsi apprendre à mieux nous connaître...

La jeune fille laissa échapper un petit soupir de regret. Que n'aurait-elle donné pour oublier toutes les tâches qui l'attendaient à la cuisine pour aller se promener avec le marquis de Milverton !

Mais elle n'en avait pas le temps. Et Robby serait tellement en colère si par hasard il les voyait revenir ensemble au château !

– Allons, venez ! insista le marquis.

– Je ne peux pas. J'ai trop de travail !

– Quand pourrais-je vous revoir ?

– Je crains que ce ne soit impossible.

Elle lui adressa un sourire.

– Mais je n'ai pas oublié ce que vous m'avez

demandé ! Je prie pour que vous trouviez ce que vous cherchez.

Là-dessus, elle éperonna son cheval qui partit comme une flèche vers les écuries.

Le marquis eut assez de tact pour ne pas se lancer à sa poursuite. Il fit à son tour le parcours. Puis, au pas, il se dirigea vers les bois en se demandant comment il pourrait découvrir l'identité de cette trop jolie cavalière – sans toutefois rompre sa promesse.

« Elle prétend être cuisinière au château ? Je n'en crois pas un mot ! Et pourquoi fait-elle tant de cachotteries ? Pourquoi, aussi, craint-elle tant que je parle d'elle à Robby de Creswell ? Serait-elle sa maîtresse ? Une femme de naissance obscure qu'il n'ose pas présenter au prince de Galles ? »

Il secoua la tête.

« Ce n'est pas possible ! Il y a chez elle une telle candeur, une telle pureté... Jamais un homme ne l'a encore embrassée, j'en mettrais ma main au feu ! »

Le marquis pensait toujours à Wenda quand il rejoignit ses amis dans la salle à manger où l'on servait les petits déjeuners.

Si la plupart des hommes se trouvaient réunis autour de la table ronde, les dames n'étaient pas encore levées, à l'exception de Joséphine.

– Il paraît que vous êtes déjà allé vous promener à cheval, Milverton ? lui demanda le prince de Galles.

– Je suis allé reconnaître le parcours d'obstacles.

Quelques protestations s'élevèrent.

– Vous aurez un avantage sur nous !

– Milverton n'est qu'un tricheur !

– Il faut lui donner un handicap !

Le marquis éclata de rire.

– Vous n'aviez qu'à en faire autant au lieu de paresser au lit, messieurs.

Robby haussa les épaules.

– De toute manière, Milverton gagne toujours, car il a les meilleurs chevaux.

James se tourna vers lui et plaida le faux pour tenter de savoir le vrai.

– Si vous montez Samson, le magnifique étalon que j'ai pu admirer ce matin aux écuries, vous avez vous-même de bonnes chances de remporter le concours !

– C'est justement Samson que j'ai l'intention de faire seller !

Lord de Creswell n'ajouta pas que c'était le seul cheval, parmi les deux ou trois qu'il possédait, capable de rivaliser avec les autres. Quant au marquis, il évita de dire qu'il venait de voir Samson faire le parcours...

Après le petit déjeuner, Robby alla trouver le majordome.

– Pouvez-vous dire à Mlle Wenda que je l'attends dans mon bureau, s'il vous plaît, Banks ? lui demanda-t-il à mi-voix.

– Tout de suite, milord.

Robby venait de prendre place derrière son imposante table de travail d'époque Régence quand sa sœur fit son entrée.

– J'espérais te trouver ce matin dans ta chambre, lui dit-il. Mais tu n'y étais déjà plus... Je suppose que tu étais aux cuisines ?

– Oui, bien sûr.

La jeune fille s'était hâtée de troquer sa jupe d'équitation contre une vieille robe aux teintes passées et un tablier appartenant à Mme Banks.

– Le dîner était une réussite, lui dit Robby. Bravo !

– Merci. J'ai vu le prince de Galles te porter un toast hier soir, mais je n'ai pas compris ce qu'il disait.

Robby sourit.

– Tu étais allée dans la galerie qui surplombe la salle à manger ? Je m'en doutais ! Tu as donc pu voir tous mes invités...

– C'était un merveilleux spectacle. Je ne pensais pas qu'il y aurait un jour autant d'animation dans la salle à manger ! J'avais l'impression d'être au théâtre. Malheureusement j'étais trop loin pour pouvoir entendre les conversations.

– Tout le monde était de bonne humeur, n'est-ce pas le principal ? Jusqu'à présent, tout se passe à merveille... Mais ce n'est pas pour te parler de cela que je t'ai demandé de venir me rejoindre, Wenda. J'ai beaucoup de choses à te dire !

Il consulta la pendule qui surmontait la cheminée et fronça les sourcils.

– Mais j'ai si peu de temps !

– Cela ne peut pas attendre le départ de tes invités ?

Lord de Creswell laissa échapper un rire bref.

– Ah, non ! Figure-toi que je me marie demain.

– Tu te moques de moi ? lança-t-elle en pouffant. Écoute, Robby, je le regrette beaucoup, mais je n'ai pas le temps de plaisanter.

– Wenda...

– C'est que j'ai du travail, moi !

– Wenda, je te dis la vérité : je me marie demain dans l'église du parc.

Cette fois, la jeune fille pâlit.

– Ce n'est pas possible !

– Mais si...

Robby lui raconta alors dans quelles circonstances il avait fait la connaissance de Joséphine et comment il était tombé amoureux d'elle.

– Je ne connaissais encore que son prénom. Imagine ma surprise quand elle s'est jetée dans les bras du prince de Galles en l'appelant « mon parrain » !

Wenda ouvrit de grands yeux.

– Elle est donc anglaise ?

– Pas du tout. C'est la fille du duc de Mouchy et elle ne s'appelle pas plus *Mme Frazer* que toi ou moi. Nous nous marierons demain tout de suite après le déjeuner. Après cela, nous partirons en voyage de noces tandis que le prince de Galles et les autres prendront le chemin du retour.

– Demain !

– Je n'ai même pas besoin de licence spéciale : l'autorisation de Son Altesse suffira ! Le pasteur doit venir nous voir ce matin pour mettre tout cela au point...

– Tu... tu vas te marier ? Je... je pensais que cela ne serait jamais possible – faute d'argent.

– Joséphine est très riche et a déjà décidé qu'elle aimerait vivre au château. Grâce à sa fortune, Creswell va retrouver sa splendeur d'antan !

– Quel miracle !

– N'est-ce pas ?

– Il a fallu beaucoup de courage à... à ta fiancée pour quitter les siens !

– Comment aurait-elle pu accepter d'épouser un homme qu'elle détestait ?

– Je la comprends. Mais partir seule pour un pays étranger...

– Sa bonne étoile l'accompagnait.

– Probablement, puisque c'est ainsi qu'elle a fait ta connaissance.

– Songe un peu ! s'exclama Robby avec une pointe de vanité. Elle m'a préféré à un prince régnant !

– Je suppose que c'était elle que tu ne cessais de regarder à table ?

– Tu as remarqué cela ? demanda Robby en riant.

– Je ne pouvais pas faire autrement ! Vous ne vous quittiez pas des yeux !

– Comment trouves-tu Joséphine ?

– Elle est très jolie...

– Et si tu savais comme elle est gentille ! Écoute, c'est bien simple : elle est adorable !

Wenda paraissait soucieuse.

– Faudra-t-il que j'assiste au mariage ?

– Naturellement ! Il te suffira d'arriver à l'église à la dernière minute, et nous prétendrons que tu te trouvais chez des amis et que tu viens d'arriver...

– Pourquoi ne pourrais-je pas « arriver » ce soir ?

Robby secoua la tête.

– Je crains que cela n'ennuie le prince de Galles. Au cours de ces week-ends mystères, il ne veut être entouré que par ses amis. Ne te fâche pas, mais je crains que ta présence ne change toute l'ambiance...

– Tant pis !

– Ne le prends pas mal, insista Robby.

– Il y a d'autres femmes, pourtant ! rétorqua la jeune fille en faisant la moue.

– Ce n'est pas du tout la même chose.

– Très bien. J'irai à l'église juste pour le mariage... et personne ne devinera qu'avant cela j'étais à la cuisine où je préparais le déjeuner !

Robby eut la bonne grâce de paraître confus.

– Ma petite sœur, je ne sais pas ce que j'aurais fait sans toi ! Si ce week-end est une réussite, c'est bien à toi que je le dois. Tu sais, le prince de Galles semble très content de son séjour...

– Pourvu que cela dure ! J'espère que je pourrai au moins lui faire la révérence !

– Après le mariage, tu lui seras présentée. D'ici là...

– D'ici là, je reste à la cuisine !

– Crois-tu que Mme Banks pourrait préparer une pièce montée ? Joséphine serait très déçue s'il n'y avait pas de gâteau de mariage... Il n'a pas besoin d'être très gros puisque seuls les gens qui se trouvent actuellement au château assisteront à la cérémonie.

– Hum !

– Pourquoi dis-tu « hum » ?

– Une fois que les villageois sauront que tu vas te marier, ils s'attendront à participer à la fête.

– Aïe ! Je n'ai pas pensé à cela...

– Il faudra des feux d'artifice, des tonneaux de bière, des saucisses pour les grands, des bonbons et des gâteaux pour les petits...

– Oh, là, là ! Nous n'aurons jamais le temps de préparer tout cela d'ici demain !

– Non, admit la jeune fille. Que faire ?

Robby se mit à réfléchir.

– Dès notre retour de voyage de noces, Joséphine et moi pourrions organiser la plus grande fête qu'il y ait jamais eue à Creswell ! La plus grande fête de tous les temps ! Qu'en penses-tu ?

– Beaucoup de bien ! Ainsi tout le monde sera content... Où avez-vous l'intention d'aller en voyage de noces ?

– Je te dirai que nous n'avons pas encore pris de décision à ce sujet pour la bonne raison que nous avons d'autres soucis en tête !

– Lesquels ?

– Nous nous demandons s'il vaut mieux que Joséphine me présente à ses parents avant le voyage ou après... Honnêtement, je ne sais pas quelle est la meilleure solution !

Wenda n'hésita pas.

– A mon avis, il serait plus sage que vous les préveniez par courrier de votre mariage avant de partir. Vous irez les voir à votre retour... Comme cela ils auront eu le temps de se faire à l'idée que leur fille s'est mariée !

– La voilà, la solution ! s'exclama Robby. Pourquoi n'y avons-nous pas pensé ? Vois-tu, Joséphine ne veut pas les mettre davantage en colère... Ils doivent être furieux qu'elle ait dédaigné celui qu'ils avaient choisi pour elle – songe un peu, un prince régnant !

– N'oublie pas que vous avez l'appui du prince de Galles. Si ce dernier peut, de son côté, envoyer un petit mot au duc et à la duchesse de Mouchy, je crois que cela aplanirait grandement les choses.

– Tu as raison ! Tu as toujours raison, Wenda !

Robby se leva et alla embrasser sa sœur.

– A notre retour, Joséphine et moi nous occuperons de toi, je te le promets ! Nous organiserons un grand bal à Londres à ton intention. Tu seras présentée à Sa Majesté la reine Victoria, tu auras beaucoup de succès et tu recevras des douzaines de demandes en mariage !

La jeune fille laissa échapper un frais éclat de rire.

– Nous n'en sommes pas là ! Avant d'aller flirter dans les salons londoniens, j'ai encore plusieurs repas à préparer pour tes illustres invités.

– Et un gâteau de mariage !

– Ne t'inquiète pas, je ne l'oublie pas.

La jeune fille s'empressa d'aller trouver Mme Banks pour la mettre au courant de la grande nouvelle.

– Milord va se marier ! s'exclama la cuisinière en joignant les mains. Comme je suis heureuse !

– Aurez-vous le temps de préparer une pièce montée, madame Banks ?

– Je le trouverai bien. Ne vous inquiétez pas, mademoiselle Wenda, milord aura un gâteau de mariage digne de lui ! Je vais m'y mettre immédiatement !

La jeune fille s'apprêtait à mettre la dernière main au pâté de lièvre en croûte qui devait être servi en entrée avec une salade fraîche quand une pensée lui vint.

« Mon Dieu ! Et la robe de mariée ! »

Comme la gouvernante faisait à ce moment-là son entrée dans la cuisine, la jeune fille se précipita vers elle.

– Madame Stevenson, savez-vous où sont rangées les robes de mariée de ma mère et de ma grand-mère ? C'est très urgent...

La gouvernante sourit.

– Mademoiselle Wenda, je viens de poser sur le lit de milady trois robes blanches : celle de madame votre mère, celle de votre grand-mère et celle de votre arrière-grand-mère. Mlle Joséphine va les essayer et choisir celle qu'elle préfère. Il ne me restera qu'à y faire quelques retouches...

Wenda laissa échapper un soupir de soulagement.

– Ah ! Tout est déjà arrangé...

– Milady est aux anges ! Elle dit qu'elle n'a jamais vu d'aussi jolies robes de mariée.

La jeune fille regretta de ne pas pouvoir monter voir les robes et aider sa future belle-sœur à faire son choix.

« Je n'ai toujours pas le droit de me montrer ! Quel dommage... »

La journée s'était fort bien passée. Le prince de Galles avait arbitré le concours hippique qui avait été gagné haut la main par le marquis de Milverton sur Firefly, tandis que lord de Creswell était arrivé en deuxième position avec Samson.

Ensuite, les invités de Robby étaient allés se promener à cheval dans les magnifiques bois du domaine. Ils étaient revenus au château affamés et avaient fait honneur à un délicieux déjeuner.

– Vous avez un artiste aux cuisines, avait dit le prince de Galles à Robby.

En plaisantant, il avait ajouté :

– J'ai bien envie de vous l'enlever ! Croyez-vous que votre chef aimerait venir travailler à Marlborough House ?

– Cela m'étonnerait, avait rétorqué Robby en riant.

En fin d'après-midi, tout le monde monta se préparer pour la soirée.

Robby trouva épinglé sur son habit un petit mot de Wenda lui demandant de venir la trouver d'urgence dans sa chambre.

« Que se passe-t-il ? » se demanda-t-il avec inquiétude.

Il rejoignit immédiatement sa sœur et vit tout de suite qu'elle paraissait préoccupée.

– Tu as des ennuis ? demanda-t-il.

– Oui. Je n'ai pas de robe convenable pour demain. Les femmes de chambre m'ont dit que Joséphine avait une quantité de ravissantes toilettes. Crois-tu qu'elle accepterait de m'en prêter une pendant quelques heures ? Juste le temps de faire mon apparition à l'église et de participer ensuite à la petite réception...

Robby parut très mal à l'aise.

– Je te traite vraiment mal ! Cela me fait honte... Au lieu de travailler comme une esclave aux cuisines, tu devrais être au salon !

– N'aie pas mauvaise conscience, Robby. J'ai accepté de t'aider tout en restant dans l'ombre. Cela ne me dérange pas du tout de mettre la main à la pâte... Mais je ne voudrais pas avoir l'air d'une pauvresse !

– Il n'en est pas question !

– Je ne possède pas une seule tenue habillée. Certes, il y a beaucoup de vêtements au grenier... Mais si une robe de mariée ne se démode pas, il n'en va pas de même pour les autres toilettes. Je ne peux pas apparaître vêtue comme au siècle dernier, ce serait ridicule !

Robby réfléchit pendant quelques instants.

– Il ne serait pas de bonne politique de te faire rencontrer maintenant le prince de Galles... Comme je te l'ai dit, au cours de ces week-ends mystères il souhaite être seulement en compagnie de ses amis proches. Ceux-ci n'oseraient pas faire de plaisanteries un peu osées devant toi et l'ambiance ne serait plus la même.

– Font-ils ce genre de plaisanteries devant Joséphine ?

– Non, parce que je m'arrange pour qu'elle passe le moins de temps possible avec eux. Mais toi, en tant que maîtresse de maison, tu serais obligée d'être toujours là et ces messieurs ne pourraient plus se comporter comme ils en ont l'habitude.

Robby soupira avant d'ajouter :

– J'en suis navré, mais il vaut mieux que tu ne te montres pas avant le mariage... En revanche, je ne vois pas pourquoi tu ne ferais pas la connaissance de Joséphine.

Le visage de la jeune fille s'éclaira.

– Vraiment ?

– Mais oui ! Pour elle, je n'ai pas de secret. Je vais la chercher... Attends-moi ici !

Sans attendre la réponse de sa sœur, il sortit et revint cinq minutes plus tard avec sa fiancée.

– Joséphine, commença-t-il avec gravité, il faut que je vous présente la personne grâce à laquelle ce week-end a été possible.

Joséphine regarda Wenda avec étonnement tandis que Robby poursuivait :

– Elle s'est occupée de tout ! Sans elle, le château aurait eu l'air d'une demeure abandonnée, pleine de poussière et de toiles d'araignées... En quelques jours, elle a réussi à le transformer comme par un coup de baguette magique. Elle a engagé des domestiques, supervisé le grand nettoyage, confectionné les bouquets, fait la cuisine... Et si nous réussissons à avoir une pièce montée demain pour célébrer notre mariage, ce sera bien à elle que nous la devrons !

Joséphine ouvrit de grands yeux.

– Je... je ne comprends pas.

– Voici Wenda, ma sœur. Si elle n'avait pas accepté de m'aider, j'aurais dû dire au prince de Galles que je ne pouvais pas le recevoir...

– Votre sœur ! Mais pourquoi n'ai-je pas eu l'occasion de faire plus tôt sa connaissance ?

– Parce qu'elle restait cachée à la cuisine, d'où elle organisait tout !

Joséphine s'avança vers Wenda et l'embrassa.

– Comme je suis contente d'avoir une sœur ! dit-elle avec élan.

Immédiatement conquise, Wenda sourit.

– Vous êtes trop gentille ! Quant à moi, je suis si heureuse pour vous et pour Robby !

Joséphine glissa sa main dans celle de son fiancé.

– Nous nous aimons... et c'est merveilleux, fit-elle avec émotion.

– Comme vous le savez, car je ne vous ai rien caché, nous sommes très pauvres, Wenda et moi, déclara Robby. Ma sœur assistera à notre mariage...

– Je l'espère bien ! coupa Joséphine.

– Malheureusement elle n'a pas une seule toilette élégante à porter pour l'occasion !

– Oh, mais je peux lui prêter tout ce qu'elle veut ! s'exclama Joséphine.

Elle prit Wenda par la main et voulut l'entraîner.

– Venez faire votre choix dans ma chambre !

Robby les arrêta.

– Vous risquez de rencontrer quelqu'un dans les couloirs à cette heure-ci. Il vaut mieux, Joséphine, que vous mettiez sur votre lit les robes que vous pouvez prêter à Wenda. Elle ira y jeter un coup d'œil quand tout le monde sera à table.

– Wenda, vous ouvrirez l'armoire et vous prendrez ce qui vous plaît. Nous sommes de la même taille, ce qui arrange tout !

Elle examina la jeune fille.

– Il vous faudra un chapeau aussi. N'hésitez surtout pas à vous servir ! Je crois que le rose devrait vous aller à ravir... ou alors du bleu très pâle.

– Cela ne vous ennuie pas que je vous emprunte une robe pour le mariage ?

– J'espère bien que vous en prendrez plusieurs pour porter les jours suivants ! Je serais très fâchée si vous vous contentiez d'une seule toilette ! Lorsque je serai à Paris, je m'achèterai un trousseau et je vous apporterai des robes toutes neuves en cadeau !

Joséphine sourit.

– Il faut bien que je gâte ma nouvelle sœur !

Les deux jeunes filles s'embrassèrent.

– Et après notre mariage, dès que nous aurons une maison à Londres, il faudra que nous donnions un grand bal en l'honneur de Wenda, déclara Robby.

– Quelle bonne idée ! s'exclama Joséphine.

Wenda eut soudain les larmes aux yeux.

– Vous êtes trop gentils avec moi, tous les deux.

Par jeu, son frère lui donna une petite bourrade.

– Tu ne le mérites pas, peut-être ?

En voyant des larmes briller dans les yeux de la jeune fille, il demeura médusé.

– Wenda ! Tu ne vas pas te mettre à pleurer !

– Si je pleure... c'est parce que je suis heureuse.

7

Lorsque Wenda contempla son reflet dans la glace, elle eut peine à se reconnaître.

Quoi ? C'était bien elle, cette élégante en robe de soie bleu pastel ? Jamais elle n'avait eu une aussi jolie toilette !

– Ni un aussi joli chapeau, murmura-t-elle en posant sur ses boucles blondes une ravissante capeline ornée de fleurs couleur myosotis. Joséphine est charmante... et très généreuse !

La future mariée avait décidé de porter la robe de la grand-mère de Wenda, un ravissant modèle en satin ivoire brodé d'une multitude de petites perles, dont la jupe à traîne était soutenue par de multiples jupons.

« Elle fera une bien jolie mariée avec le voile en dentelles de Bruxelles et le diadème en diamants des Creswell ! » se dit Wenda.

La jeune fille se sentit brusquement pâlir. Elle avait été trop occupée, jusqu'à présent, pour trouver le temps de penser à son avenir.

Et soudain l'angoisse la surmergeait.

« Que vais-je devenir ? Où aller ? Que faire ? Après le mariage de mon frère, je ne pourrai pas rester au château... »

Comme tous les jeunes couples, Robby et Joséphine allaient vouloir être seuls... Wenda se voyait mal leur imposant sa présence du matin au soir !

« C'est Joséphine qui deviendra la maîtresse de maison. Moi, je n'aurai plus rien à faire ici ! »

La jeune fille se tordit les mains.

« Mon Dieu, que vais-je devenir ? » se redemanda-t-elle en descendant par un escalier dérobé pour ne pas rencontrer les invités de Robby qui devaient être en train de se réunir dans le hall.

Les voitures attendaient déjà devant le perron. L'église se trouvait au fond du parc, à environ un kilomètre du château, et jamais les belles amies des invités n'auraient voulu parcourir une telle distance à pied.

Avec déférence, le pasteur avait écouté le prince de Galles qui lui donnait ses dernières instructions.

– J'attendrai que tout le monde soit installé dans l'église pour arriver le dernier avec Joséphine à mon bras !

Le pasteur avait hoché la tête.

– Très bien, Votre Altesse Royale. Mais malgré tous les efforts qui ont été faits pour garder le secret, je crains que les villageois ne sachent déjà que Votre Altesse Royale se trouve au château. Ils vont certainement se masser sous le porche de la petite église pour acclamer Votre Altesse Royale et présenter leurs vœux de bonheur à milord !

– Bah, laissez-les faire ! avait lancé le prince de Galles avec bonhomie. Tout le monde aime la fête et les mariages !

Ce matin-là, Wenda était encore au lit quand Robby avait frappé à sa porte. Sans attendre la réponse, il avait tourné la poignée et s'était alors aperçu que sa sœur s'était enfermée à clé. Quand il avait frappé de nouveau, la jeune fille, qui se trouvait encore au lit, avait sursauté.

– Qui est là ?

– C'est moi, Robby.

– Ah, bon !

Wenda s'était précipitée pour lui ouvrir.

– Pourquoi as-tu fermé ta porte à clé ? s'était étonné Robby. C'est bien la première fois que cela t'arrive !

– J'avais peur que quelqu'un ne se trompe de chambre.

En réalité, elle craignait que le marquis ne vienne lui parler de nouveau.

Certes, elle aurait aimé le revoir et avoir une longue conversation avec lui... Mais une jeune fille comme il faut recevait-elle un monsieur dans sa chambre ?

– Que se passe-t-il, Robby ?

– Peux-tu t'arranger pour que tout soit prêt dans la salle à manger ? Le gâteau, les bouteilles de champagne...

– Ne t'inquiète pas. Je suppose que j'irai à pied à l'église ?

– Non, non ! J'ai déjà tout arrangé avec Ben... Il viendra t'attendre à la porte de la cuisine dans notre vieille calèche. C'est bien dommage, mais nous n'avons pas de meilleur véhicule.

– Tant pis ! Je t'avoue que je préfère me rendre là-bas en voiture, car j'aurai bien peu de temps ! Songe un peu ! Après avoir préparé le déjeuner avec Mme Banks, il faudra que je veille à ce que l'on débarrasse la table de la salle à manger puis que l'on arrange tout pour la petite réception qui suivra.

– C'est à ce moment-là que je te présenterai à mes invités. Nous prétendrons que tu étais chez une cousine et que tu es revenue pour le mariage.

– Tu as tout prévu !

– Il le faut bien.

– Mais tu ne m'as pas encore dit où tu allais en voyage de noces !

– James de Milverton nous prête sa propriété à Newmarket. Nous en profiterons pour choisir des chevaux... Et dès que le prince de Galles nous dira que les parents de Joséphine lui ont pardonné, nous nous rendrons en France. Nous séjournerons chez le duc et la duchesse, à Paris, et Joséphine en profitera pour acheter son trousseau.

– Cela m'ennuie d'avoir dû lui emprunter une robe.

– Ne t'inquiète pas pour cela ! Ce ne sont pas les robes qui lui manquent !

– Cela doit être bien agréable d'être aussi riche !

– A propos d'argent... prends ceci, Wenda. Voici de quoi payer largement tous ceux que tu as engagés !

La jeune fille ouvrit l'enveloppe que son frère lui tendait et laissa échapper une exclamation de stupeur.

– Trois mille livres sterling ! Qui t'a donné une somme pareille ?

– Les banquiers, que je suis allé trouver avec Joséphine, m'ont ouvert un crédit illimité.

Robby sourit.

– Nos soucis d'argent sont terminés, Wenda ! Le château va redevenir comme autrefois et nous pourrons même racheter les deux tableaux grâce auxquels tout a été possible...

Il se redressa fièrement.

– Je t'assure que je ne me sens pas du tout gêné d'avoir recours à l'argent de ma femme !

– Tu n'as pas à l'être, car tu es loin d'être un vanu-pieds ! Ne vas-tu pas offrir à Joséphine un titre, un domaine, un château rempli d'œuvres d'art, de merveilleux bijoux de famille...

– Des entrées à la cour...

Wenda éclata de rire.

– Elle les avait déjà, puisqu'elle est la filleule du prince de Galles !

Avant de se rendre à l'église, Wenda alla jeter un dernier coup d'œil à la salle à manger. L'argenterie et les cristaux étincelaient sur la longue table au milieu de laquelle trônait un splendide gâteau décoré de fruits et de fleurs.

– C'est magnifique ! s'exclama-t-elle.

Le majordome, qui était en train de polir les dernières pièces d'argenterie, hocha la tête d'un air satisfait.

– Je pense que milord sera content.

– Il faudrait qu'il soit bien difficile pour ne pas l'être ! A tout à l'heure, Banks !

– A tout à l'heure, mademoiselle Wenda.

Comme prévu, la vieille calèche attendait la jeune fille à la porte de la cuisine.

– Allons-y, Ben !

Le palefrenier caressa du bout de son fouet les deux chevaux qui partirent au petit trot.

Wenda ne fut pas autrement étonnée de voir que les villageois commençaient à se grouper devant l'entrée de la petite église que trois valets étaient allés nettoyer en hâte. Suivant les instructions de la jeune fille, les jardiniers avaient cueilli toutes les fleurs blanches qu'ils avaient pu trouver dans le parc ou dans les jardins du village pour décorer l'autel.

Wenda, qui n'avait pas eu le temps de vérifier l'état de l'église, constata avec plaisir qu'elle avait encore bonne allure. Les boiseries de chêne sentaient bon la cire, les bouquets n'auraient pas pu être plus beaux, les chandeliers et le crucifix en argent brillaient et un rayon de soleil, traversant les vitraux, venait projeter des taches de couleur sur les dalles de pierre.

Le pasteur vint accueillir la jeune fille et l'accompagna jusqu'au banc sculpté réservé à la famille de Creswell, au premier rang. Les invités de Robby, qui avaient déjà pris place dans l'église, examinèrent la nouvelle arrivante avec une visible curiosité.

Avant de s'agenouiller, Wenda leur adressa un rapide coup d'œil entre ses cils baissés. Le prince de Galles n'était pas encore arrivé, ce qui n'avait rien de surprenant puisqu'il devait conduire Joséphine à l'autel. En revanche, l'absence du marquis de Milverton ne s'expliquait pas !

« Pourquoi n'est-il pas là ? se demanda la jeune fille, très déçue. Serait-il déjà parti ? »

Lord de Creswell arriva sur ses entrefaites. Il remonta l'allée centrale et resta debout devant l'un des deux fauteuils tapissés de velours rouge qui avaient été placés dans le chœur. Wenda sentit les battements de son cœur s'accélérer en voyant enfin le marquis arriver. Il avait accompagné Robby et restait quelques pas en arrière.

« Je comprends maintenant ! pensa la jeune fille. Mon frère lui a demandé d'être son témoin ! Et je suppose que le prince de Galles sera celui de Joséphine... »

Cette dernière arriva à son tour au bras du prince de Galles. Très émue, Wenda contempla la future lady de Creswell.

« Comme elle est jolie ! »

Joséphine était absolument ravissante dans cette longue robe en satin ivoire de coupe un peu surannée qui mettait en valeur sa taille de guêpe. Les diamants du diadème des Creswell étincelaient de mille feux, tandis que la longue traîne en dentelles balayait les dalles en granit polies par le temps.

– Robby de Creswell, acceptez-vous de prendre pour épouse...

Le prince de Galles avait demandé au pasteur de célébrer une cérémonie très brève – ce qui ne l'empêcha pas d'être en même temps très émouvante.

– Je vous déclare unis par les liens du mariage... déclara l'officiant.

Tout le monde esquissa un sourire attendri quand Joséphine releva son voile pour contempler Robby avec adoration, tandis qu'il se penchait pour lui effleurer les lèvres d'un léger baiser.

Sous les acclamations des villageois, qui leur lançaient des fleurs roses – car il n'en était pas resté une seule blanche sur pied –, les jeunes mariés s'installèrent dans la voiture du prince de Galles pour regagner le château. Une procession de voitures les suivit au pas.

La vieille calèche de Wenda se trouvait en queue du cortège. La jeune fille venait à peine de s'y asseoir que la portière se rouvrit. D'autorité, le marquis de Milverton vint prendre place à côté d'elle, sur la banquette quelque peu défoncée.

Quand la voiture s'ébranla, Wenda, qui ne savait que dire, contempla ses mains crispées.

– Comme vous êtes cruelle ! fit le marquis.

Elle le regarda avec stupeur.

– Cruelle ? Moi ?

– Et combien ! Vous aviez fermé votre porte à clé hier soir, si bien que je n'ai pas pu aller vous parler comme j'en avais l'intention.

– Si Robby vous avait vu, il aurait été furieux !

– Et puis vous n'avez pas monté Samson ce matin !

J'étais aux écuries dès l'aube et je vous ai attendue en vain.

– Je n'ai pas eu le temps de sortir. De toute manière, je pensais qu'il valait mieux que je ne vous revoie pas.

– Comment pouvez-vous parler ainsi ? Moi, je voulais vous revoir !

Le marquis contempla la jeune fille d'un air pensif.

– Je me suis rendu à l'église avec Robby. Chemin faisant, il m'a raconté que sa sœur, qui était allée séjourner chez une cousine, allait revenir juste à temps pour le mariage. Je n'ai pas fait de commentaire... même si je savais que vous n'aviez jamais quitté le château !

La jeune fille joignit les mains.

– Je vous en prie ! Ne parlez de cela à personne !

– Vous m'aviez dit que vous aviez beaucoup à faire aux cuisines... Était-ce vrai ?

– Naturellement ! Mme Banks est un véritable cordon-bleu, tout le monde s'accorde à le dire... mais elle est beaucoup moins sûre d'elle quand il s'agit de réaliser les recettes françaises qu'apprécie tant Son Altesse.

– Le prince de Galles a dit plusieurs fois à Robby qu'il avait une excellente cuisinière et qu'il la lui enlèverait volontiers.

Wenda ne put s'empêcher de rire.

– Je m'imagine mal allant travailler aux cuisines de Marlborough House !

Le marquis ne se joignit pas à son hilarité. Il paraissait sérieux – presque grave.

– Dès que les mariés et le prince de Galles seront partis, j'aimerais vous parler... de nous, Wenda.

Le cœur de la jeune fille fit un petit bond dans sa poitrine.

– Vous... vous connaissez mon prénom !

– Oui. Votre frère m'a appris que vous vous appeliez Wenda.

D'un ton de reproche, il ajouta :

– Vous vous étiez bien gardée, mademoiselle de Creswell, de me dire qui vous étiez.

Elle soupira.

– J'étais dans une situation assez difficile. Ne le comprenez-vous pas ?

– Maintenant, un peu mieux. J'ai dit à Robby que je veillerai sur vous pendant son absence. Cet après-midi, tout de suite après le départ de ses hôtes, je vous emmènerai chez ma grand-mère.

La jeune fille sursauta.

– Je ne peux pas quitter le château !

– Pourquoi pas ? Votre majordome est parfaitement capable de s'occuper de tout. Quant à nous, nous devons penser à notre avenir.

– No... notre avenir ? balbutia Wenda. Je... je ne comprends pas.

Le marquis lui pressa la main en souriant.

– Si, je crois que vous m'avez parfaitement compris ! Nous n'avons pas de temps à perdre. Dès que nous arriverons au château, il faudra que vous demandiez à votre femme de chambre de préparer vos bagages.

– Je n'ai pas de femme de chambre, murmura-t-elle. Mais tout cela me paraît invraisemblable ! Co... comment Robby... a-t-il pu accepter que vous m'emmeniez chez... chez...

– Chez la marquise douairière de Milverton, ma grand-mère paternelle.

– Je... je me demande si je ne rêve pas !

De nouveau, le marquis sourit.

– Moi aussi, je me suis longtemps demandé si je n'avais pas eu des visions... Était-il réel, cet ange blond que le hasard – ou le destin – m'avait fait découvrir ?

Existait-elle vraiment, cette exceptionnelle cavalière qui franchissait les obstacles comme en se jouant ?

Ils n'eurent pas le temps de parler davantage car la voiture venait de s'arrêter devant le perron.

Encore mal revenue de sa surprise, la jeune fille gravit les marches recouvertes d'un tapis rouge. Son frère, qui l'attendait dans le hall, la prit par la main et la conduisit près du prince de Galles.

– Permettez-moi de vous présenter ma sœur Wenda, Altesse. Avant de se rendre chez l'une de ses cousines, elle a veillé à ce que tout soit prêt pour votre séjour.

– Un séjour fort réussi ! dit le prince tandis que la jeune fille lui faisait la révérence. Tout était parfait !

– Merci, Altesse.

– Je suis ravi que votre frère ait pu épouser une charmante personne que je connais depuis sa naissance. Lorsqu'ils reviendront de leur voyage de noces, je serai très heureux de les recevoir tous deux à Sandringham avec le duc et la duchesse de Mouchy.

Wenda se dit qu'une telle invitation contribuerait certainement à apaiser la colère du duc.

Tous les invités de Robby se pressèrent autour de la jeune fille.

– Creswell, comment avez-vous pu nous cacher aussi longtemps l'existence d'une aussi jolie sœur ?

– Elle était absente pendant le week-end. Mais c'est elle qui, avant de partir, a veillé à ce que votre séjour se déroule dans les meilleures conditions.

– Pourquoi ne l'avez-vous jamais amenée à Londres ?

– Elle y viendra à l'occasion de la prochaine saison.

– Elle sera la reine des bals ! Tous les jeunes gens vont se disputer sa main !

Le marquis de Milverton était resté discrètement à

l'écart, mais Wenda s'aperçut qu'il ne la quittait pas des yeux.

– Il faudra que vous veniez me voir lorsque vous serez à Londres, dit la duchesse de Manchester à la jeune fille. Nous parlerons de peinture... Votre frère m'a dit que vous possédiez une grande culture artistique.

– Je me suis efforcée de retenir tout ce que mon père m'a appris.

Elle adressa une petite révérence à la duchesse.

– Merci, madame, pour votre aimable invitation.

Après avoir mangé une part de gâteau et bu une coupe de champagne, le prince de Galles prit congé de son hôte.

Joséphine et Robby disparurent à leur tour et ce fut comme un signal... Les voitures étaient restées devant le perron et, moins d'un quart d'heure plus tard, elles étaient toutes parties – à l'exception de l'élégante berline de voyage du marquis de Milverton.

Celui-ci s'était arrangé pour que lady Eleanor rentre à Londres avec le duc de Sutherland et la maîtresse de ce dernier. A sa grande surprise, lady Eleanor ne lui avait pas fait de scène.

« Il faut dire que nos relations étaient devenues très tièdes... La rupture doit l'arranger tout autant que moi ! » avait pensé James en voyant la voiture s'éloigner.

Il rejoignit Wenda.

– Dès que vous serez prête, nous partirons. Nous avons une longue route à faire.

Wenda ne sut que dire. Tout allait si vite qu'elle en était comme étourdie. Mais quand ses yeux rencontrèrent ceux du marquis, ses dernières hésitations fondirent comme neige au soleil.

« Je l'aime et je serais décidée à le suivre jusqu'au bout du monde s'il le fallait ! » se dit-elle.

– Vos valises sont-elles prêtes ? lui demanda le marquis.

– Je... je vais voir.

« A l'exception de la robe bleue que m'a prêtée Joséphine, je n'ai aucune toilette convenable ! pensa la jeune fille en gravissant l'escalier d'honneur. Que pensera le marquis s'il me voit demain vêtue comme une gouvernante pauvre ? »

Elle trouva dans sa chambre Mme Stevenson et deux valets qui emportaient une petite malle.

– J'ai mis dans vos bagages quatre jolies robes neuves que m'a données milady à votre intention, mademoiselle Wenda, lui dit la gouvernante.

« Joséphine a même trouvé le temps de penser à cela ! » songea la jeune fille avec gratitude.

– Vous y trouverez aussi votre tenue d'équitation, poursuivit Mme Stevenson. Mais elle n'est plus en très bon état et vous feriez bien de vous acheter une nouvelle amazone.

« Comme je ne vais pas dépenser tout l'argent que m'a remis Robby ce matin, se dit Wenda, je pourrai m'offrir quelques vêtements... »

Mme Stevenson eut un grand sourire.

– Ah, les choses vont changer au château ! Et figurez-vous, mademoiselle Wenda, que je vais reprendre du service !

– N'est-ce pas ce que vous avez fait ces derniers jours ?

– Si, mais j'étais censée rentrer chez moi lundi. Or, avant son départ, milord m'a demandé de rester quelques mois de plus pour aider milady à diriger la maison. Vous pensez bien, mademoiselle Wenda, que j'ai aussitôt accepté ! En dépit de mon âge, je suis si heureuse de pouvoir être encore utile à quelque chose !

– Vous avez été d'une aide précieuse ! Honnêtement, je ne sais pas ce que j'aurais fait sans vous ! dit la jeune fille en embrassant chaleureusement la gouvernante.

Elle alla ensuite trouver Banks et lui remit mille livres sterling.

– Vous avez là de quoi verser des gages à tous ceux qui ont travaillé pendant le week-end. Et il faudra aussi payer ceux que vous allez engager...

– Milord m'a donné carte blanche pour cela, mademoiselle Wenda.

– Lorsque vous n'aurez plus d'argent, il vous suffira de m'écrire et je vous en ferai aussitôt parvenir.

– Où allez-vous, mademoiselle Wenda ? demanda le majordome.

– Je suis invitée par la famille du marquis de Milverton, mais je ne sais pas encore combien de temps va durer mon séjour.

– Passez de bonnes vacances, mademoiselle Wenda, fit Banks avec une affectueuse familiarité. Vous méritez bien de vous reposer après tout le travail que vous avez fourni ces derniers jours !

– Vous avez vous aussi besoin de repos, Banks !

Un sourire illumina le visage du vieux majordome.

– Moi, mademoiselle Wenda, je suis bien heureux de redevenir un vrai majordome et de voir le château revivre ! Je n'aurais pas pensé que cela deviendrait possible un jour... mais il y a parfois des miracles !

Les quatre chevaux piaffaient, impatients de prendre la route, quand Wenda s'installa sur les coussins capitonnés de la berline. Le marquis la rejoignit et son valet ferma la porte avant de sauter à l'arrière.

Lorsque la voiture s'ébranla, la jeune fille se tourna vers le marquis d'un air anxieux.

– Croyez-vous que votre grand-mère sera contente de me voir ? Après tout, elle ignore que vous m'amenez avec vous !

– Ma grand-mère vous accueillera à bras ouverts. Voilà des années qu'elle me supplie de me marier... ce que j'ai toujours refusé jusqu'à présent.

– Mais...

– Je vous ai cherchée toute ma vie, Wenda. Et je commençais à penser que vous n'existiez pas.

– Mais...

– La première fois que je vous ai vue, j'ai vraiment cru que vous étiez un ange – ou bien un produit de mon imagination... Bref, j'étais persuadé que je ne vous reverrais jamais.

Il lui prit les mains.

– Le lendemain, il m'a suffi de vous observer à cheval pour comprendre que nous avions les mêmes goûts et que nous étions faits l'un pour l'autre.

– Je... je pensais ne jamais vous revoir après le mariage.

– Voulez-vous ma mort, Wenda ? Nous ne nous quitterons plus jamais, mon amour... Pour m'en assurer, je vais vous épouser dans les plus brefs délais. C'est que je ne voudrais pas que vous preniez la fuite comme Joséphine !

Partagée entre le rire et les larmes, Wenda mumura :

– Cela ne risque pas !

Prise d'une soudaine inquiétude, elle s'exclama :

– Pourvu que le duc et la duchesse de Mouchy acceptent son mariage avec Robby !

– Ils ne pourront pas faire autrement. N'est-ce pas le prince de Galles qui l'a conduite à l'autel ? Je suppose qu'ils regretteront toujours qu'elle ne soit pas devenue une princesse régnante... mais ils seront bien obligés de faire contre mauvaise fortune bon cœur !

Il pressa les mains de la jeune fille.

– Au lieu de penser à eux, pensons à nous, mon amour.

Naïvement, elle avoua :

– Je n'ai pas cessé une seconde de penser à vous depuis que je vous ai vu vendredi soir dans la salle à manger.

– Vous étiez sur la galerie ! s'exclama James en riant. A un certain moment, en effet, je me suis cru observé...

Il la contempla avec ferveur.

– Quant à moi, dès que je vous ai rencontrée, j'ai su que vous étiez celle qui m'était destinée de toute éternité. Moi qui désespérais de connaître un jour l'amour, moi qui pensais qu'il s'agissait d'une invention de poète ou de romancier, je suis tombé immédiatement amoureux de vous... et pour toujours.

– Moi aussi, je vous aime, avoua Wenda avec une délicieuse candeur. Et je vous aimerai toujours !

– J'avais deviné que vous m'aimiez.

– Comment est-ce possible ?

– Hier soir, vous n'auriez pas fermé votre porte à clé si vous souhaitiez seulement flirter. Vous aviez peur...

– De vous ? s'écria-t-elle. Jamais !

– Pas de moi, mais de vous. De ce qui pouvait arriver...

– Vous avez raison, admit la jeune fille avec étonnement. La force de mes sentiments m'effrayait. Je vous aime tant que... que j'aurais été capable de tout !

Le marquis l'enlaça passionnément.

– Mon amour !

Elle se blottit contre lui.

– Je n'ose encore croire en mon bonheur, moi qui voyais l'avenir avec tant d'appréhension.

– Pourquoi donc, mon ange ?

– Je me rendais compte que je ne pourrais pas rester au château après le retour de Robby et de Joséphine. Je me demandais où j'allais bien pouvoir vivre...

Très bas, elle ajouta :

– Je rêvais d'être avec vous, mais je m'empêchais de penser à cela en me disant que rien n'était possible...

– Tout est possible, au contraire, mon amour ! Avant la fin de la semaine, nous serons mari et femme et je vous emmènerai en voyage de noces où vous le voudrez !

Elle n'hésita pas.

– Emmenez-moi en Grèce, s'il vous plaît !

Prise d'un remords tardif, elle enchaîna :

– Si du moins c'est possible... J'ai toujours eu envie de visiter ce pays, et je me disais qu'il y avait bien peu de chances pour qu'un jour je puisse partir.

– Nous irons nous aimer en Grèce à bord de mon yacht, mon ange, puisque c'est ce que vous souhaitez.

Il resserra son étreinte. Les yeux clos, Wenda s'abandonna contre lui.

– La vie est merveilleuse, dit-elle d'une voix presque inaudible.

– Oui, la vie est merveilleuse, fit le marquis en écho, avant de lui prendre les lèvres.

Barbara Cartland

[illegible]

Barbara Cartland

Découvrez, sans plus attendre, les autres romans de Barbara Cartland, la reine incontestée du roman sentimental. Voici la liste de ses romans actuellement disponibles.

Que notre bonheur dure
N° 1204 Cat. E

La belle et le léopard
N° 1215 Cat. E

Les larmes de l'amour
N° 1228 Cat. E

La nymphe de Montmartre
N° 1239 Cat. E

Les détours de l'amour
N° 1251 Cat. E

Pas d'ombre sur notre amour
N° 1262 Cat. E (mai 1999)

Le prince et le pékinois
N° 1263 Cat. E (juin 1999)

Un rêve merveilleux
N° 3754 Cat. E

Sous le soleil de Grèce
N° 3775 Cat. E

Les sortilèges du cœur
N° 3809 Cat. E

L'homme de mes rêves
N° 3842 Cat. E

La beauté trahie
N° 3986 Cat. E

L'éternité de l'amour
N° 4017 Cat. E

Le roi et elle
N° 4040 Cat. E

Fuite en Cornouailles
N° 4059 Cat. E

Coup de foudre en Écosse
N° 4070 Cat. E

Sous le ciel de Bahreïn
N° 4071 Cat. E

Un amour exceptionnel
N° 4101 Cat. E

Je ne veux pas te perdre
N° 4145 Cat. E

Le roi solitaire
N° 4146 Cat. E

Un nouveau bonheur
N° 4269 Cat. E

Fragile bonheur
N° 4296 Cat. E

Passeport pour le bonheur
N° 4315 Cat. E

L'incomparable Irina
N° 4473 Cat. E

La petite brodeuse
N° 4546 Cat. E

Quand vient l'amour
N° 4581 Cat. E

Rendez-vous à Calcutta
N° 4603 Cat. E

Beau comme Apollon
N° 4632 Cat. E

L'inconnu du petit bois
N° 4633 Cat. E

Idylle en Écosse
N° 4666 Cat. E

Échange de cœurs
N° 4717 Cat. E

Lune de miel au Népal
N° 4718 Cat. E

Le domaine de l'amour
N° 4762 Cat. E

Passions orientales
N° 4763 Cat. E

Un mariage sans amour
N° 4779 Cat. E

L'ange et le marquis
N° 4846 Cat. E

Le lac de l'amour
N° 4847 Cat. E

Symphonie berlinoise
N° 4877 Cat. E

Fiançailles impromptues
N° 4878 Cat. E

Un ange au château
N° 4905 Cat. E

Le diadème de l'amour
N° 4955 Cat. E

La mariée sans visage
N° 4979 Cat. E

Une si jolie cambrioleuse
N° 5018 Cat. E

Princesse en fuite
N° 5042 Cat. E

La fugitive de l'amour
N° 5073 Cat. E

Un terrible malentendu
N° 5074 Cat. E

Séréna
N° 5079 Cat. M

Les caprices de Malvina
N° 5099 Cat. E

Les trésors de l'amour
N° 5100 Cat. E

L'amour pour seule richesse
N° 5164 Cat. E (mars 1999)

La passagère de l'amour
N° 5165 Cat. E (mars 1999)

Le vœu d'Alicia
N° 5187 Cat. E (avril 1999)

Cache-cache amoureux
N° 5188 Cat. E (avril 1999)

L'amour ou la fortune
N° 5210 Cat. E (mai 1999)

Secret love
N° 5229 Cat. E (juin 1999)

2 ROMANS RÉUNIS
EN UN VOLUME (28 FRANCS)

Un amour en danger, *suivi de* : La princesse oubliée
N° 4693 Cat. G

Un amour sans fortune, *suivi de :* Les illusions du cœur
N° 4694 Cat. G

L'amour comme un espoir, *suivi de* : Tempête amoureuse
N° 4956 Cat. G

Miracle pour une madone, *suivi de* : Douce enchanteresse
N° 4957 Cat. G

Le port du bonheur *suivi de* : Un souhait d'amour
N° 5162 Cat. G (mars 1999)

Un tour du destin, *suivi de* Idylle romaine
N° 5163 Cat. G (mars 1999)

5229

Photocomposition Assistance 44-Rezé
Achevé d'imprimer en Europe (Allemagne)
par Elsnerdruck à Berlin
le 11 mai 1999.
Dépôt légal mai 1999. ISBN 2-290-05229-9

Éditions J'ai lu
84, rue de Grenelle, 75007 Paris
Diffusion France et étranger : Flammarion